LES MILLE ET UN

ROMANS, NOUVELLES ET FEUILLETONS.

FLEUR DES FÈVES

OU

UNE INTELLIGENCE A DEUX,

PAR

WILHELM TÉNINT.

ROMANS
français,
anglais,
espagnols,
italiens,
allemands,

ROMANS
américains
chinois,
arabes,
Russes,
danois.

PRIX : **1 FR.**

matière d'un volume in-8°.

PARIS,

BOULÉ ET Cie, ÉDITEURS,

RUE COQ-HÉRON, 3.

1842.

LES MILLE ET UN

ROMANS, NOUVELLES ET FEUILLETONS.

LES MILLE ET UN forment une collection des Romans, Nouvelles et Feuilletons tant anciens que modernes, édités et inédits, tous signés par les écrivains les plus distingués.

Jusqu'ici les Romans ont été publiés en deux volumes in-8o de 20 à 25 feuilles, imprimés en gros caractères et ne contenant que quelques lignes à la page. Le prix de chaque Roman ainsi édité est de QUINZE FRANCS.

Nous avons adopté pour notre nouvelle publication un nouveau format qui présente de grands avantages.

Trois ou quatre feuilles au plus contiennent la matière d'un volume in-8o de l'ancien format.

Le prix de chaque ouvrage est fixé, suivant le nombre de feuilles ; le prix de chaque livraison, ou feuille, est fixé à **VINGT-CINQ CENTIMES**, FRANC DE PORT POUR TOUTE LA FRANCE.

Ainsi chaque Roman qui, dans le format ordinaire donne un volume in-8o et coûte 7 fr. 50 c., ne coûte dans notre nouveau format, s'il est composé de trois feuilles que 75 c.

Les Romans en deux volumes du format in-8o ordinaire, ne coûte dans le nôtre, que 1 fr. 60 c. au lieu de 15 fr.

C'est-à-dire dix fois meilleur marché que par le passé.

Dans l'ancien format, 25 romans (50 volumes à 7 fr. 50 c.) coûtent 375 francs et suffisent pour encombrer une bibliothèque.

Avec la même somme on pourra avoir dans notre nouveau format **DEUX CENT CINQUANTE OUVRAGES**, qui ne coûteront pas plus cher et ne tiendront pas plus de place que ces cinquante volumes.

Nos calculs sont faits et nos mesures sont prises pour pouvoir publier, dans ce nouveau format, les œuvres des auteurs les plus estimés, français et étrangers.

OUVRAGES COMPLETS EN VENTE.

BERTHOLD LE BON CLERC, Traditions Dauphinoises. Première époque. XIVe siècle, par M. JULES LA BEAUME. — Prix. . . . . 1 fr. »»

LA FAMILLE DE TAVORA, par Mme CLÉMENCE ROBERT. Prix. 1 15

HISTOIRE D'UN ANNEAU ENCHANTÉ, par M. DONDEY DE SANTENY, — Prix. . . . . » 75

LA MAIN DE LA MADONE, Chronique Vénitienne. — 1700. — Par STÉPHEN DE LA MADELAINE. — Prix.. . . . . » 40

FLEUR DES FÈVES, ou *une Intelligence à deux*, nouvelle, par M. WILHELM TÉNINT. —Prix.. . . . . 1 »»

Chacun de ces ouvrages se vend séparément et est expédié franc de port.

Paris. — BOULÉ et Cⁱᵉ, éditeurs, rue Coq-Héron, 5.

[illegible]
[illegible]

[illegible]

FLEUR DES FÈVES,

ou

UNE INTELLIGENCE A DEUX;

Par WILHELM TÉNINT.

I.

Il y avait *petit salon* chez la comtesse de B***. La charmante jeune femme, dont la toilette était ravissante de grâce et de coquetterie sérieuse, — une toilette de carême, — recevait ce soir-là ses amis les plus chers.

Ces réunions avaient lieu en secret comité. Toutes ces femmes gracieuses à qui l'on dit *ma toute belle*, et que l'on accueille avec des exclamations adorables ; tous ces petits messieurs pour qui la comtesse faisait briller les folles facettes de son esprit, tout ce monde-là était exclu. Il n'y avait autour du feu que quelques uns de ces amis dévoués qu'on attend sans se dire : Suis-je jolie aujourd'hui ? et avec qui on ne craint pas d'être triste si le cœur déborde, et si les larmes viennent aux yeux.

Ce soir-là, le cercle était au complet. La comtesse nous avait promis l'histoire de Lucie de Naré, sur le compte de laquelle on débitait par le monde vingt extravagances. Madame de B*** avait été son amie ; et, de plus, elle analysait toute affaire de sentiment avec cette délicatesse que ses doigts effilés auraient mise à effeuiller une rose.

La comtesse se recueillit un instant, et voici ce qu'elle nous conta :

Vous n'avez pas tous connu Lucie. C'était une petite femme mignonne et blonde dont la figure fluette, avec ses grands yeux d'azur, apparaissaient toujours entre deux touffes crépées de cheveux, comme un coin

1843

du ciel entre des nuages. Son sourire était d'une finesse exquise, et son front se taillait avec largeur. Elle était née Lucie de Melta, d'une assez bonne famille de province. Lucie sortit du couvent à quinze ans, et, quelques jours après, madame de Melta lui apprit en pleurant qu'elle était demandée en mariage. Lucie s'écria qu'elle ne voulait pas se séparer de sa mère ; mais celle-ci lui déclara que ce mariage comblerait ses vœux les plus ardens. La pauvre mère ! minée avec une activité horrible par une maladie sans espoir, elle songeait avec terreur à l'isolement où sa fille se trouverait après l'avoir perdue.

Elle avait deux blessures, le mal physique qui la rongeait, et celle-là c'était peu de chose : elle devait en mourir, voilà tout, — mais l'autre blessure ! mais cette pensée que Lucie serait seule au monde, à seize ans, cette pensée lui causait des tortures inouïes. C'était une lutte épouvantable, n'est-ce pas ? Le corps de cette femme ne demandait qu'à mourir, tant il souffrait ; et l'âme de cette mère ne demandait qu'à vivre.

Lucie avait bien, du côté de son père, deux parens ; un oncle, et une tante, Lucien de Melta, et Mlle Dorothée, sa sœur ; mais depuis long-temps Mme de Melta avait dû cesser toutes relations avec eux.

Je ne nierai pas que Mlle Dorothée comptait alors 45 ans, attendu que, si elle les avait, — ce qui n'est guère contestable, — à coup sûr elle ne les comptait pas. Maintenant elle commence à s'embéguiner ; mais il y a quelques années, elle portait ses cheveux à la Ninon, et des robes de pensionnaires que désavouait gravement un nez quelque peu aquilin. Le monde, qui est méchant, lui attribuait des aventures auxquelles je n'ai jamais cru. Toujours est-il que Mme de Melta ne voulait pas la voir.

Quant à Lucien de Melta il avait laissé un roman scandaleux dans les quatre parties du monde. Dès l'âge de seize ans, on avait eu, dit-on, à lui reprocher ce qu'on appelle *des sottises*, et son père avait été obligé de l'envoyer à la Guadeloupe, où il avait quelques parens, pour le mettre à l'abri de circonstances trop rigoureuses. Les mœurs faciles des colonies ne purent pas corriger Lucien ; au contraire, ses vices y prirent un développement terrible. La plante d'Europe devient arbre dans ce climat, mais souvent arbre vénéneux.

M. de Melta père était mort, assez puni d'avoir, par son trop faible amour, desséché le cœur de ses enfans. Il faut pourtant faire une exception en faveur d'Edouard de Melta, le père de Lucie, dont je vous reparlerai.

Lucien, qui alors courait le monde, fut déshérité. Edouard et Mlle Dorothée se partagèrent donc le peu de fortune que cent fâcheuses affaires à assoupir, cent cris divers à couvrir avec le bruit de l'or, avaient laissées à M. de Melta père.

Dans l'héritage se trouva compris un vieux château de famille, en Normandie, qui plus tard revint à Lucie. Le nom de cette terre était La Gardière.

C'était l'occasion ou jamais, pour Mlle Dorothée, de trouver un mari. En admettant les méchans bruits qu'on faisait courir sur son compte, ils avaient bonne mémoire, ceux qui se souvenaient de ces quelques erreurs du passé, que les rides commençaient à rendre improbables. C'est alors que Mlle Dorothée se mit à porter ses cheveux à la Ninon.

Sur ces entrefaites arriva, de je ne sais quel continent, le frère Lucien, sans un sou vaillant, et les mains dans ses poches. Pour lui aussi l'absolution était venue ; cette absolution, c'était l'oubli. Qui se souvenait du mauvais sujet de seize ans ? On saluait M. Lucien de Melta, héritier du nom (du nom seulement, hélas !) d'une bonne et ancienne famille, et l'on n'allait pas plus loin que l'étiquette.

Il pouvait avoir alors cinquante ans. La première fois que je le vis, j'éprouvai une impression de terreur que rien depuis n'a effacée. Ses traits étaient peu accentués. Il ne portait pas de barbe, et sa figure ronde, olivaire et marquée par la petite vérole, avait une apparence de jeunesse détruite, en y regardant de plus près, par des traces certaines de sénilité, ce qui donnait à cette figure une expression douteuse et fausse. Mais surtout, sous cette indécision des traits, se révélait une âme ardente et corrompue.

Lucien mit pied à terre chez sa sœur; en apprenant qu'il était déshérité, il accepta sans étonnement, et de façon assez pacifique, cette dernière mesure d'autorité paternelle. Ce calme apparent ne contribua pas peu à convaincre Mlle Dorothée de la conversion de son frère.

Seulement, Lucien s'installa chez elle. En réalité, cela valait mieux que de partager l'héritage paternel; vivant aux dépens de Mlle Dorothée, il comptait bien dépenser la fortune à lui tout seul.

Et d'abord il voulut un cheval. Sa santé exigeait impérieusement cet exercice, dont il avait pris, d'ailleurs, l'habitude aux colonies. Je tiens tous ces détails de Lucie, qui me faisait ses confidences à voix basse, tant cet homme lui faisait peur.

Du reste, ne croyez pas que M. de Melta recommençât sa vie de taverne, de verres brisés et de nuits sous les réverbères. Oh! que non pas! Il était plus habile. S'il s'enivrait, c'était à huis clos. L'âge ayant donné à sa figure un air grave et respectable, il n'avait pas tardé à comprendre les profits de l'hypocrisie. Autant de plaisir, et point de scandale; vivre en bon accord avec l'opinion, cette femme acariâtre et jalouse, et la tromper en secret, il y avait tout avantage.

Après tout, Mlle Dorothée ne se désola que médiocrement de l'arrivée quelque peu coûteuse de son frère, dont la présence au logis lui permettait de donner des soirées et de tenir un certain train de maison, ce qu'elle n'aurait pu faire vivant seule et restée demoiselle. Or, avec les soirées, es réceptions, si restreintes qu'elles fussent, revenaient les toilettes; avec les toilettes, les prétentions; toutes sortes d'espoirs inédits et d'illusions au front couronné de fleurs d'oranger.

J'ai négligé jusqu'à présent de vous parler d'Edouard de Melta. C'est que sa vie, comme celle de tous les hommes honnêtes et heureux, avait été simple et peu féconde en événemens. Il s'était livré avec assez de bonheur à quelques spéculations commerciales, et il était mort jeune, laissant, — c'était une douce consolation pour son cœur d'époux et de père, — sa femme et sa fille dans une aisance recommandable.

Mais comme vous l'avez vu, Mme de Melta ne devait pas survivre longtemps à son mari. Depuis un an, elle se sentait mourir tout doucement. Mourir! et laisser sur la terre, dans un monde qu'elle ignore et où les vices viendraient, un masque sur la face, lui offrir une douce hospitalité, laisser à tous vents et dans un carrefour aux mille embranchemens dont un seul conduit au bien, une fille de quinze ans! n'était-ce pas horrible?

D'un autre côté, vous comprenez, connaissant l'histoire de Lucien et de Mlle Dorothée, que Mme de Melta ne songea pas un moment à chercher dans cet odieux libertin et cette coquette ridicule, qui pût la remplacer, elle, pauvre mère et sainte femme! Ai-je besoin d'ajouter que Lucie ignorait complétement cette histoire scandaleuse de sa famille!

Mme de Melta avait bien une cousine éloignée à qui elle aurait confié aveuglément sa chère Lucie; mais Mme de Naré, — c'était sa cousine, — avait un fils, Justin, autrement *Fleur des fèves*, — ce qui était un obstacle sérieux, et d'ailleurs cette dame voyageait dans divers pays d'Europe, depuis près de trois ans, en compagnie du héros de cette histoire.

Comme Mme de Melta pleurait amèrement sur le sort de son enfant, M. Rémond, conseiller d'état et possesseur d'une assez belle fortune, vit Lucie, en devint épris et demanda sa main.

C'était vraiment là le parti que Mme de Melta demandait à Dieu dans ses prières. Jeune encore et cependant ayant passé par les épreuves de la peine et des plaisirs, — celles-ci plus dangereuses que celles-là, — M. de Naré devait être pour Lucie un époux et un père à la fois.

Le mariage se fit, vous le savez. Deux mois après, Mme de Melta expirait, et la dernière contraction de sa bouche fut un sourire, et le dernier battement de son cœur fut une joie.

Hélas ! quatre mois se passèrent encore, quatre mois de calme, sinon de bonheur, lorsqu'une après midi d'automne, un fiacre s'arrêta devant la maison de Mme de Rémond, ramenant son mari blessé mortellement à la chasse par l'imprudence d'un ami.

Lucie de Rémond se trouva veuve, n'ayant pas seize ans.

Par le fait du mariage elle était émancipée ; mais en vérité c'était là une fiction des lois, car elle ne l'était pas par son âge.

La douleur qu'elle éprouva fut, non pas une douleur folle, mais une douleur réfléchie et touchante. Elle avait eu pour son mari une amitié presque filiale ; elle l'avait aimé par reconnaissance et comme le seul être qui l'aimât, et ce ne fut pas sans un cruel effroi que, jetant autour d'elle un regard désolé, elle se vit seule au monde.

Elle avait ainsi le cœur serré, la mort dans l'âme, lorsqu'elle reçut une lettre de Mlle Dorothée. Cette lettre toucha profondément la pauvre affligée. Le ton romanesque qui y régnait ne lui sembla pas ridicule ; la douleur prend tout au sérieux et s'accommode aisément des consolations les plus grossières.

En peu de jours, une certaine intimité s'établit entre la tante et la nièce, et Mlle Dorothée proposa à Lucie de venir demeurer auprès d'elle.

Que faire, à seize ans, quand on pleure sa mère et son mari ? Lucie ignorait les raisons qui avaient tenu séparées Mme de Melta et Mlle Dorotées ; elle accepta. Avec douze cents francs par an, Mme Rémond eût peut-être vécu seule en compagnie de quelque vieille bonne ; mais, à vrai dire, elle éprouvait un terrible embarras de ses quarante mille livres de rente. Et puis surtout l'isolement l'effrayait.

Ainsi, ce que Mme de Melta avait tant redouté arrivait ; sa fille allait vivre auprès de Lucien et de Mlle Dorothée, entre la corruption et l'extravagance, sans un ami, sans un conseil, et n'ayant pour appui dans ce monde que les prières de sa mère dans le ciel.

Du reste, une année s'écoula, où elle fut heureuse autant qu'elle pouvait l'être. Mlle Dorothée avait une qualité qui rachetait bon nombre de ses défauts. Sans doute, on la trouvait minaudière, prétentieuse, exorbitante dans ses parures et beaucoup trop folâtre dans son maintien, mais elle était bonne ; quant à Lucien, quelle douceur ! quel ton paternel ! comme il comprit la douleur de la jeune veuve, comme le deuil qu'elle portait se refléta bien sur son visage ! Il était d'une habileté inouïe à prévenir ses moindres désirs ; c'était un véritable devin à l'usage de ses fantaisies. Donnait-elle son goût sur une chose, ses paroles effleuraient au même instant les lèvres de M. de Melta. Imaginait-elle quelque espièglerie, — la jeune fille reparaissant sous la jeune veuve, — M. de Melta en riait aux larmes. Trouvait-elle le soleil brillant et la brise tiède, M. de Melta la prenait par le bras avec bonhomie et l'emmenait aux Tuileries, au bois, en consultant son caprice. Le charmant homme que M. de Melta !

Du reste, la fortune de Lucie ne contribua pas peu à mettre la maison de Mlle Dorothée sur le pied d'une aisance quelque peu fastueuse. Le cheval de M. de Melta se vit bientôt donner un voisin à l'écurie, et les rideaux de coutil du remise jusqu'alors vide, s'ouvrirent pour une élégante calèche.

L'année du veuvage allait à sa fin et aussi la douleur de la jeune veuve, rien ne durant en ce monde, lorsque commença le *Longchamps* de 1825.

Lucie, qui avait passé tout l'hiver dans une sorte de réclusion, voulut,

le mercredi, faire un tour de promenade en calèche, et M. de Melta, avec
sa galanterie ordinaire, s'offrit à l'accompagner.

La journée était sèche et belle, le printemps commençait à jeter autour
des arbres bruns son voile de gaze verte. Les pauvres femmes, étiolées
par les bals et les veilles, allaient se raviver un peu au grand air,
semblables aux fleurs de serre que nos jardiniers étalent au soleil quand
la saison se fait douce.

Le bois de Boulogne avait perdu de son aridité, mais une poussière
épaisse, soulevée par les pieds des chevaux en remplissait les allées, et de
loin, quand, à travers les branches arides, on voyait comme un rideau
grisâtre et continu, l'on pouvait dire : c'est là que sont les promeneurs.

Depuis peu, j'étais liée avec Lucie, je l'avais rencontrée aux soirées de
l'excellente baronne de Tally. Vous avez entendu parler de ces réunions
où viennent deux ou trois de nos prédicateurs célèbres. Le jeu et la mé-
disance en sont exclus, et il semble que, ces deux grands élémens de so-
ciétés enlevés, il ne reste que le vide. Eh bien ! détrompez-vous. On causait science, litttérature, arts ; quelques savans hommes d'esprit détail-
laient en folles et brillantes paillettes les lingots de leur science ; quelques poètes nous initiaient à leurs pures et hautes inspirations ; ces soirées étaient toujours trop courtes, et n'ayant ni fatigue, ni ennui, elles
laissaient un souvenir calme et comme rafraîchissant.

La baronne de T***, est, comme vous le savez, très enthousiaste ; ses
excellentes qualités sont comme une lumière qu'elle porte avec elle et
qu'elle reflète sur tout le monde. Elle s'y trompe la première. Elle avait
connu mademoiselle Dorothée dans un moment où celle-ci (son frère
n'était pas encore revenu), n'espérant plus en ce mari si long-temps attendu, se laissait être simplement vieille fille, sans aucune ridicule illusion
dans sa toilette ; ceci vous explique comment je vis Lucie chez la baronne.

La conformité touchante de notre position, puisque j'étais veuve depuis
un an également, nous rapprocha tout d'abord. Puis Lucie, comme j'étais
plus âgée qu'elle, m'ouvrit peu à peu son cœur, me fit de grandes confidences de ses petits secrets, et bientôt notre amitié fut inaltérable.

Elle m'avait priée de venir avec elle à Longchamps. Je fus donc témoin
de la scène qui s'y passa, scène indifférente, en apparence, et qui pourtant est la première page ravissante d'une triste histoire.

Il y avait beaucoup de cavalcades au bois. Une surtout était composée
des jeunes gens les plus à la mode ; non pas de ces dandys de trente-cinq
ans qu'on voit sur le boulevart et jamais dans le monde, mais de fils de
famille, que chacun connaissait et nommait tour à tour.

Un d'eux surtout se faisait remarquer par sa jeunesse, sa beauté, la
coupe hardie de son habit, l'harmonieuse et élégante assimilation, si je
puis le dire, qui régnait entre lui et son cheval. Il semblait que la bride
eût établi du cavalier au noble animal une communication magnétique
d'intelligence, tant leurs mouvemens se mariaient, tant ils se fondaient
tous les deux en de gracieuses ondulations, tant les pieds du coursier sui-
vaient les mouvemens de la main strictement gantée du jeune homme.
Vraiment, les ombrelles les plus sévères ne pouvaient s'empêcher d'avoir
des distractions pour un tel cavalier.

Cette cavalcade avait plusieurs fois entouré la calèche dans son passage
rapide, la dépassant, se laissant dépasser par elle et s'élançant comme à
sa poursuite quand elle était prête à disparaître ; cela toutefois sans intention marquée, ni désobligeante.

Tous ces jeunes gens, tour à tour, avaient jeté sur nous, qui étions
complètement étrangères au monde, et assez jolies (pour ma part je m'en
rapporte à vos éternelles flatteries), ils avaient jeté sur nous quelques regards curieux et discrets à la fois. Un seul passait près de nous avec une
indifférence qui nous sembla affectée. Nos idées certainement n'étaient pas

à la coquetterie, mais cette réserve poussée à un point si extrême nous frappa tout d'abord, et ce fut, pour être franche, à cette singularité, plutôt encore qu'à son élégance et à sa grâce, que nous remarquâmes le cavalier que je vous ai fait connaître tout à l'heure.

Au moment où la cavalcade au repos s'ouvrait pour laisser passer notre calèche, une des roues plongea dans une ornière assez profonde; la voiture qui était suspendue très-légèrement, éprouva un balancement assez subit, et Lucie laissa tomber sur la route son bouquet de violettes de Parme.

Le jeune homme, dont l'indifférence nous avait presque intriguées, se précipita en bas de son cheval, et s'élança pour saisir le bouquet. Madame de Rémond était sur le devant de la calèche. Je la vis tout à coup pâlir et elle poussa un léger cri en se levant à demi et appuyant sa main sur mon bras. Une autre voiture dont les chevaux étaient lancés au galop suivait la nôtre et allait écraser les fleurs. L'inconnu, avec une témérité inouïe, avança sa main jusque sous la roue, jusque sous cette dent si prompte à broyer, et s'empara du bouquet.

Ce fut un éclair. Moi je ne vis rien ; c'est Lucie qui depuis m'a conté ces détails.

Jacques le cocher avait arrêté les chevaux avec une prestesse admirable, mais il n'y avait plus rien à craindre, le jeune homme était à cheval tenant son bouquet d'une main.

Je me demandai un instant : Va-t-il le rendre ou le garder? Le garder serait bien audacieux ; mais le rendre ce serait assez maladroit, puisque les fleurs en sont couvertes de poussière. La situation était délicate.

Comme je faisais cette réflexion, que je voyais également pour ainsi dire dans l'âme de Lucie, à travers ses yeux bleus, l'inconnu passa auprès de nous, entouré de quelques uns de ses amis qui s'écrièrent assez haut pour que nous pussions les entendre :

— Qu'as-tu fait, Justin]; pourquoi cette folie?

Le jeune homme répondit avec simplicité et grâce tout à la fois :

— J'aime les violettes de Parme.

Cette réponse me parut sublime ; elle sauvait tout !

La scène du bouquet se passait le premier jour de Longchamps, un mercredi par conséquent. Vous ai-je dit que le mercredi était le jour de thé de mademoiselle Dorothée ?

Neuf heures sonnaient. Les bougies étaient allumées, et personne n'arrivait encore. Lucie en toilette de bal était au piano, laissant errer ses doigts sur les touches et rêvant, tout involontairement, à ce bouquet tombé et ravi avec tant d'audace, mais aussi tant de courage!

M. de Melta, en habit de soirée, entra dans le salon, donna un coup d'œil aux bougies, aux tables de jeu, au feu, comme cherchant un prétexte à sa mauvaise humeur. N'en trouvant pas, il ne dit mot et garda toute cette mauvaise humeur sur son front, comme une marchandise qu'on met en étalage, en attendant qu'on trouve occasion de la placer.

— Eh bien ! mon oncle, s'écria Lucie, dont la main courait sur le piano et brodait pour ainsi dire, sur le fond de mécontentement de M. de Melta, quelques trilles folâtres, eh bien ! comme vous voilà dramatique ! fi ! que c'est vilain de faire ainsi l'Othello en habit noir !

— Après ce qui s'est passé, madame, je fais tous mes efforts pour garder le silence. Mais comment ! c'est vous qui commencez ; c'est fort habile en vérité !

— Ah ! voilà donc l'explication de votre silence pendant toute notre promenade, et de vos regards courroucés. Tout cela pour un bouquet tombé sur le chemin et ramassé par je ne sais qui!

— Les bouquets tombent souvent avec un à-propos qu'on ne saurait trop admirer.

— Cela veut dire à n'en pas douter que je l'ai laissé tomber avec intention. Voyez donc la jolie façon de dire à quelqu'un : « Je vous aime », que de lui jeter un bouquet justement dans la poussière ! Pardonnez-moi l'expression, mais il y a là de quoi faire éternuer l'amour le plus sérieux.

—Sans doute... ce jeune homme ne vous connaît pas !

—Mais précisément il me connaît, il m'aime, il me l'a dit ! Il m'a demandé comme une faveur toute spéciale des violettes de Parme dans la poussière !

—Toujours est-il que je ferai en sorte, madame, de ne plus servir de témoin à ces aventures tendrement romanesques !

—Comme il vous plaira, mon cher oncle. J'irai chercher seule les aventures romanesques ! Ne suis-je pas libre ? Une veuve !

M. de Melta fut un moment décontenancé par l'aplomb et l'air moqueur de Lucie ; il comprit, apparemment, que ses airs de tuteur ou de jaloux étaient fort prématurés et auraient un médiocre succès ; aussi, laissant tout à coup cette voix émue par la colère, ces regards formidables, toutes armes qui s'étaient émoussées sur l'esprit de Lucie comme sur les facettes d'un diamant, il reprit avec une voix profondément émue :

— Pardonnez-moi, chère petite, ce que mes paroles ont pu avoir de blessant. J'ai été injuste, j'ai été méchant. Mais si vous saviez combien je souffre...

— Non, vous nous l'avez laissé entendre, mon cher oncle, je suis coquette, légère, que sais-je ! Et j'ai pour habitude de jeter assez de fleurs sur tous les chemins poudreux, pour en faire des chemins de Fête-Dieu.

A ce mot, M. de Melta partit d'un éclat de rire franc et désarmé, et s'écria : « Il y a plaisir à être impitoyable, quand on l'est avec tant d'esprit. Encore une fois, soyez indulgente ! je me laisse entraîner par le tendre intérêt que m'inspire votre réputation. Jeune comme vous l'êtes, et sans expérience du monde, il semble qu'il suffise d'être un ange de vertu, de candeur... et de beauté ; hélas ! tout cela est inutile, si l'on n'a pas aussi les ailes de l'ange pour vous mettre hors de portée des méchans propos.

La voix de M. de Melta était d'une douceur infinie ; ses yeux noirs savaient prendre une expression qui allait à l'âme, et Lucie m'a souvent conté que, dans ce moment-là, son oncle lui parut presque beau.

— Encore une fois, ajouta-t-il, ne m'en voulez pas ! Une scène compromettante est arrivée, on en causera, et c'est un malheur. Tout mon crime est d'avoir douté...

— Douté de moi !

— Non pas de vous. Mais, vous le savez, un regard qu'on laisse tomber au hasard dans la foule... un sourire qu'un ridicule fait naître, la fatuité les interprète... Oh ! dites-moi... dites-moi, Lucie, que vous ne connaissez point ce jeune homme !

— Mon Dieu ! mais quand je le connaîtrais !... Je veux bien vous rassurer à cet égard ; c'est la première fois que je l'ai vu.

Cependant, un roulement de voiture s'était fait entendre dans la cour. La porte du salon s'ouvrit et un domestique annonça :

—Monsieur et madame de Naré.

Lucie et M. de Melta se retournèrent en même temps et restèrent tous deux saisis d'une émotion différente ; ils avaient reconnu, dans le jeune homme qui entrait, le ravisseur du bouquet.

M. de Melta devint pâle ; quant à Lucie, elle éprouva un trouble, un saisissement qui étaient presque déjà de l'amour.

Ce coup de théâtre n'avait d'ailleurs rien que de très naturel. Je crois vous avoir dit que madame de Naré était cousine de madame de Melta, mère de Lucie ; et voyageait depuis quelques années avec son fils Justin de Naré. Ils n'étaient de retour à Paris que depuis quinze jours seulement. Madame de Naré avait rendu visite à mademoiselle Dorothée et à Lucie, mais sans être accompagnée de Justin, qu'une indisposition sans gravité était censée retenir au logis. Mademoiselle Dorothée n'avait rien eu de plus pressé que d'inviter madame de Naré et son fils à son thé pro-

chain, invitation que M. de Melta avait apprise assez peu gracieusement.
Donc Lucie ne connaissait que de nom Justin de Naré, qui venait pour
la première fois à Paris. L'aventure du matin se trouvait prendre une signification inattendue ; le bouquet qu'on croyait ramassé par un inconnu
avait été ramassé par un cousin !

Il restait à savoir s'il y avait, de la part de ce cousin, connaissance de
cause et préméditation, toutes circonstances aggravantes !

J'arrivai chez Lucie presque en même temps que Mme de Naré et Justin ; je pus observer et suivre le drame muet qui s'y passa, à partir de
l'exposition, je veux dire de la présentation.

D'abord, la mise de Justin de Naré était admirable ! Elle n'était ni
excentrique, ni vulgaire ; on y remarquait cette originalité élégante qui
ne se montre pas tout de suite, mais se laisse découvrir : c'est dire que,
sous une apparente obéissance à la mode, sa mise avait cependant une
certaine *initiative*, quelque chose de non commun, du style, si vous le
voulez. Son front était noble et large, son regard avait une transparence
et une candeur angéliques.

Justin salua Lucie avec beaucoup d'aisance, et sans le moindre embarras.

Ma pauvre amie ne put s'empêcher de rougir et de me dire à voix
basse :

— Il a l'air de ne pas même me reconnaître.

— Il a peut-être la vue basse, lui répondis-je.

Une femme de lettres, qui était entrée derrière moi, prit son lorgnon,
et, du fond du salon, regarda Justin avec une certaine insistance. Celui-
ci s'en aperçut, se troubla, devint rouge, et perdit contenance.

Rien ne nous échappait. « Bon ! est-ce qu'il serait timide, me dit Lucie,
toujours par forme d'*a parte* ; comme tu le disais, il a peut-être la vue
basse. Ce matin, il aura pris mon bouquet pour une ombrelle, un mou-
choir, que sais-je ! Au fait, il n'a pas du tout l'air romanesque. »

En ce moment entra dans le salon Mlle Dorothée, surmontée d'un de ces
bonnets enrubannés qui la faisaient ressembler à un navire pavoisé. Madame de Naré lui présenta Justin. Celui-ci s'avança avec une assurance
gracieuse qui démentait sa timidité de tout à l'heure.

Nous remarquâmes encore (que ne voient pas des yeux de femmes
intéressés à voir), nous remarquâmes que M. de Belgy, un de nos plus
agréables chanteurs, paraissait intimement lié avec Justin de Naré, et af-
fectait en lui parlant un certain air de supériorité que celui-ci paraissait
très bien accepter.

En passant près d'eux, j'entendis ce M. de Belgy appeler Justin : *pauvre fleur des fèves !*

Quel était donc cet homme, si sûr de lui-même et si tremblant à la fois,
trop audacieux le matin, et trop retenu le soir ? Était-ce de ces jeunes
gens sans âme, qui, croyant connaître le cœur des femmes, veulent y arriver par des combinaisons mathématiques, calculant tout, — pardonnez-
moi cette comparaison, je n'en sais pas de plus exacte,—comme dans une
préparation culinaire, employant un peu d'amour d'abord, puis une pin-
cée de froideur, puis un assaisonnement de jalousie, le tout relevé par
beaucoup de suffisance et d'aplomb, recette infaillible pour les cordons
bleus en amour ? Nous nous arrêtâmes à cette supposition.

Lucie avait une voix adorable ; elle se mit au piano et chanta une romance fort dramatique, où elle trouvait des élans sublimes et pleins de
passion. Les visages autour d'elle étaient composés pour la circonstance ;
pas de mots glissés sous l'éventail ; tout le monde écoutait et faisait de
l'attendrissement. M. de Naré se tenait au fond du salon, dans l'embra-
sure d'une croisée ; moi seule presque je pouvais le voir. Son visage était
pâle, ses mains tremblantes ; de grosses larmes qu'il n'essayait pas de cacher coulaient sur ses joues.

Cette romance finissait par le cri d'une mère dont l'enfant disparaît dans les flots. Lucie trouva pour ce moment, un cri déchirant parti des entrailles, auquel M. de Naré répondit par une exclamation pleine de terreur qui fut entendue et attribuée à l'émotion.

— Décidément, ma chère, me dit Lucie dans la soirée, cet homme a une belle âme!

M. de Naré n'avait presque pas quitté sa mère de la soirée; cette attention toute filiale et si rare ne contribua pas peu à nous donner bonne opinion de lui; car, au milieu de toutes nos incertitudes, et dans la brume qui enveloppait encore, à nos yeux, ce caractère plein de contrastes, nous étions séduites par tout ce qui séduit les femmes, la grâce, l'élégance, le romanesque... et le mystère.

Quelques jours après ce *thé*, Lucie, M. de Melta et sa sœur partirent pour le château de La Gardière, qui, je crois vous l'avoir dit, appartenait à Lucie. Un mois se passa sans nouvelles de ma jeune châtelaine; de mon côté, des procès horriblement compliqués m'avaient métamorphosée presque en hommes d'affaires; c'est vous dire que mon cœur et ses douces affections s'étaient tu pendant tout ce temps. Au bout de ce mois, je reçus une lettre de Lucie que je vais vous lire, car c'est pour mon histoire un chapitre tout fait dont je ne saurais prétendre égaler le charme. D'abord c'est une pièce à l'appui.

Et Mme de B... se leva, ouvrit un petit coffret du siècle dernier, en ivoire travaillé à jour, et, au milieu d'un paquet de lettres, d'où s'exhalait un suave parfum, elle en choisit quelques unes. La pensée me vint, et vint peut-être à d'autres, qu'il serait bien charmant d'entendre aussi les romans que les autres lettres contenaient, romans de cœur dont il ne vint jusqu'à nous que ce parfum vague et bientôt dissipé.

Mme de B... lut la lettre suivante :

 « Ma chère belle,

»Je te préviens d'abord que je te défends absolument de jeter un regard sur la fin de ma lettre, avant d'avoir lu, sans en passer un mot, ce qui précède. Je dois t'avouer que cette fin de lettre contient une aventure tout à fait romanesque; je veux que ta curiosité soit excitée au dernier point, car il faut bien que tu saches que cette défense est une punition que je t'inflige. Moi qui, depuis un mois, attends tous les jours une lettre de toi, qui querelle mes gens et prétends que ta lettre est arrivée et qu'elle a été égarée, moi qui pourrais en être réduite à la conversation de quelques vieux voisins parlant baromètre, m'abandonner ainsi! Fi! que c'est mal! Ah! madame, je vous ai déjà défendu de regarder au bas de cette page, vous croyez que je ne vous vois pas glisser vos grands yeux malins de ce côté. Tout à l'heure, nous y viendrons. Il faut avant que je bavarde.

»Nous sommes donc arrivés à La Gardière un beau matin, pas le moins du monde dévalisés. Seulement, au sortir de Paris, nous avons fait rencontre d'un brigand qui nous a étranglés : ce brigand se nomme la poussière. Autre accident des plus étranges; la fermière et ses filles ne nous attendaient pas, et nous ont reçus en bonnet de coton, ce qui a failli faire évanouir ma tante.

»Mais j'ai des nouvelles tout à fait inattendues à t'apprendre. Ah! la curieuse, comme je te vois d'ici toute rouge d'attente... Eh bien! je vais te faire une description.

» Mon château... tu sais que je le vois pour la première fois, mon château est une grande maison en briques, de façon plutôt bourgeoise que seigneuriale, toute rose, au milieu des arbres verts, et s'épanouissant au bout d'une longue avenue d'ormes. Cependant, une petite tourelle gothique moderne a des prétentions de féodalité. L'intérieur est suffisamment délabré; les cheminées, à ce qu'il paraît, ont pour habitude de fumer; c'est reçu dans le pays.

»En arrivant, j'ai recruté d'abord, du regard, quelques vieux meubles invalides et couverts de cicatrices, avec lesquels je comptais m'arranger un boudoir assez original ; mais quand j'entrai dans mon appartement, ce fut un coup de théâtre. J'ai trouvé le réduit le plus coquet, le plus sourd, le plus voilé ; des tapis partout, sur les meubles des chinoiseries, dont je suis folle, des tapissières aux portes, des tentures du meilleur goût et des fleurs dans tous les coins ; je me suis retournée vers M. de Melta, qui souriait d'un air sournois ; je lui ai sauté au cou. Sais-tu que mon oncle est galant ! Ma toute belle, devant ma fenêtre s'évase une verte vallée de prairies épaisses et *miroitantes*, où les vaches disparaissent presque. A droite se festonne, sur ces pelouses veloutées, la lisière d'une épaisse forêt où s'élancent de loin en loin les troncs argentés des bouleaux ; à gauche, se tordent, au bord d'un ruisseau, des saules extravagans ; au fond, dans l'horizon violet, se découpe un clocher de pierre blanche qui mêle son bruit de cloche lointain à tous les chants dont je suis entourée. C'est un ravissement sans fin.

»Mais je me défie de ta patience et j'en viens aux faits. Quelques jours après notre débarquement, devine qui nous est arrivé à La Gardière. Je te le donne en cent, comme en mille... Madame de Naré et son fils, mon voleur de bouquet ! Avoue que voilà un coup inattendu et qu'on ne trouve que dans les romans.

»Nous avions cru remarquer, il t'en souvient, que M. de Melta avait reçu très froidement madame de Naré lors de sa première visite, et lorsque mademoiselle Dorothée invita notre cousine à sa prochaine soirée, nous surprîmes chez mon oncle un de ces regards noirs et aigus qui me font toujours peur. Tu sais encore que, lors de notre aventure au bois, M. de Melta eût foudroyé des yeux, s'il l'eût pu, notre aventureux cavalier, qui n'était autre que M. Justin. Enfin, le soir même j'eus à supporter, de la part de mon oncle une scène de tuteur ou de jaloux dans les règles, et de tous ces indices, j'étais fondée à croire que M. de Naré ne serait pas fort galamment reçu à la maison. D'abord M. de Melta n'aime point les jeunes gens, et il les éloigne tout doucement avec une persistance fort remarquable. Eh bien ! c'est lui qui a invité madame de Naré et M. Justin à venir à La Gardière, qui les y retient depuis un mois et qui les choie, et qui les vante. C'est à n'y rien comprendre. A-t-il craint pour moi l'ennui de la solitude ? A-t-il voulu pour lui un compagnon de chasse ? Je ne sais. Ou bien... Ce serait un peu prématuré... il n'y a qu'un an que je suis veuve. Ma tante Dorothée est fort de cette opinion-là, je le crois. Depuis l'arrivée des Naré, elle est radieuse. Elle prémédite contre moi quelque mariage ; tu sais que faire des mariages, c'a été l'occupation de toute sa vie. Elle y a mis tant d'acharnement et de dévouement, qu'elle s'est oubliée elle-même. Tout cela m'amuse fort, moi qui pense bien garder mon libre arbitre, et *ne me laisserai pas entraîner à minuit, tout éplorée et les cheveux épars, dans la chapelle souterraine du château, au pied d'un autel où officie un prêtre inconnu.* D'abord nous n'avons pas de chapelle. Je te dirai qu'heureusement M. de Naré ni moi ne pensons à ces folies.

»M. de Naré est un homme d'une réserve glaciale, qui n'a pas dit trois mots sensés depuis son séjour. Il semble qu'il soit d'une nature supérieure à celle du commun des hommes, et ses pensées sont si sublimes qu'il n'essaie pas même de les manifester, persuadé qu'il est qu'elles ne seraient pas comprises. Il cause volontiers du temps qu'il fait, des modes nouvelles, des espérances de la récolte et autres sujets aussi profonds et aussi nouveaux. Il est juste d'ajouter que la plupart du temps il garde le silence. Seul, dans un angle du salon, il paraît rêver ; son regard est plein de pensées, son front s'éclaire, mais s'il ouvre la bouche, c'est pour dire quelque sottise. Ce n'est guère que lorsque je fais de la musique qu'il daigne se mettre un peu en communion d'âme avec nous ; non pas qu'il se donne la peine de chercher beaucoup l'expression des paroles ; souvent, quand il faut être dramatique, il se montre gai et sautillant, et si la phrase est sur un mode léger et gracieux, souvent aussi il lui donne une vigueur, une passion tout à fait en querelle avec l'intention du compositeur ; mais sa voix a un timbre si pur, si frais, et quelquefois si dramatique, qu'il refait pour ainsi dire les morceaux qu'il chante, et sans s'occuper des paroles, y verse l'inspiration qui déborde en lui. C'est un homme bien étrange. Je te le répète, dans la conversation c'est une statue ; en musique seulement son intelligence se révèle ; aussi je ne cause pas avec lui, je chante. C'est du reste, et tu le sais, un parfait cavalier ; de plus, il est d'une adresse merveilleuse à la chasse, et ne souffle mot des exploits qu'il y fait. M. de Melta, qui de sa vie n'était parvenu à effaroucher un moineau, est assez heureux depuis l'arrivée de M. de Naré ; je soupçonne la collaboration, ce qui m'expliquerait l'amitié du cher oncle.

» Madame de Naré est une digne et excellente femme, doucement spirituelle, et moqueuse avec affabilité ; elle adore son fils.

» Somme toute, je ne m'ennuie pas. J'étudie ce caractère étrange et réservé de M. de Naré, et cela dans un parfait désintéressement, je t'assure ; je ne me sens pas le moindre trouble au cœur, et notre connaissance, commencée d'une façon si romanesque, nos romanciers diraient si fatale, tourne décidément au baromètre et à la vulgarité.

» Ici ta punition cesse et j'arrive au grand événement prédit au début de cette lettre.

» Tu sais que l'avenue du château débouche sur la route qui côtoie le bord de la Seine. Nous avons donc une petite flotte en rade au bas de l'avenue, flotte qui se compose d'un unique canot mince, élancé, rapide, qui rase l'eau comme une hirondelle. Un de ces soirs, au coucher du soleil, nous nous embarquâmes et fîmes voile à destination d'une petite île de peupliers et de saules et bordée d'une ceinture dorée d'iris jaunes, qui s'épanouit sur l'eau à un quart de lieue du logis. Nous étions tous de l'expédition, M. de Melta, ma tante Dorothée, madame de Naré, M. Justin et moi. C'était une soirée splendide ; le soleil venait de se coucher à l'horizon ; de petites nuées roses s'éparpillaient dans le ciel ; l'eau follement irritée par la brise prenait au ciel des teintes rosées et azurées, aux arbres de la rive des reflets verdâtres, à la lune des reflets blancs. C'était comme une magnifique soierie à reflets changeans, que chaque coup de rame lamait d'argent. En un quart d'heure, nous étions arrivés aux bords de l'île qu'on nomme vulgairement l'*île des Goujons*, et que nous appelons l'*île des Iris*. Ses bords sont assez escarpés. J'aurais bonne envie de dire qu'ils sont hérissés de rochers si j'y avais trouvé le moindre caillou qui se prêtât à l'hyperbole. En réalité, de tous les côtés de l'île, la Seine mesure au moins quinze pieds d'eau. Dès que notre canot eut touché la rive, M. de Naré sauta à terre ; M. de Melta restait sur le canot à dérouler un épervier qu'il se proposait de jeter ; moi, toujours étourdie, comme tu me connais, je m'élançai pour gagner également la terre, et, pensant que M. de Naré allait me donner la main, je posai un pied sur le bord du canot et l'autre pied sur l'île. Comme je restais là sans que personne vînt à mon aide, je levai les yeux et je vis M. de Naré accoudé sur un saule que le vent avait presque couché sur le sol et contemplant le ciel dans une profonde rêverie. Dans l'instant d'hésitation où je me trouvai, le pied que je tenais posé à terre donnant une force d'impulsion à celui qui touchait le canot le fit dériver rapidement ; je voulus me retenir à de jeunes pousses de saules qui rompirent... le vertige me prit, je jetai un cri... puis je sentis un froid de glace... puis, j'entendis un grand bourdonnement... puis, mes yeux s'ouvrirent dans l'eau jaune et transparente... et je ne vis plus rien... et je ne me souvins plus de rien...

» Quand je repris connaissance et que mes paupières se soulevèrent... je

ressentis comme le balancement de canot, je vis une grande teinte blanche, uniforme, diaphane ; j'entendis un murmure qui me sembla être le
clapotement des flots... cependant la raison me revint petit à petit ainsi
que la conscience de ce qui m'entourait, et je me retrouvai immobile
dans mon lit. Cette grande teinte blanche, c'était le rideau de mousseline
de l'alcôve ; le murmure entendu, c'était un bruit de voix ; je fis un mouvement et ma tante était dans mes bras.

» J'en suis quitte pour la peur. Tu devines, je le parie, à qui je dois mon
salut. Ce fut un éclair à ce qu'il paraît. M. de Naré jeta un cri et se précipita dans l'eau ; un courant assez rapide m'avait entraînée vers le milieu du fleuve, de sorte que comme il côtoyait la rive, sa recherche fut
d'abord vaine ; mon chapeau de paille à larges bords, qui flottait sur l'eau
et n'avait pas été entraîné par le courant, trompa son dévoûment ; enfin,
pour la troisième fois, il interrogeait du regard l'étendue calme du fleuve, sans y voir aucun indice ; alors il se retourna désespéré du côté du
canot. M. de Melta secoua la tête avec tristesse, mais Mme de Naré et ma
tante lui désignèrent du geste et de la main un endroit de la rivière où
une sorte de gonflement bouillonnant se faisait sentir. Enfin, que te dirai-
je, M. de Naré parvint à se saisir de moi, et avec une force surhumaine,
me soutenant la tête au dessus de l'eau, il me rapporta sur la rive, au bas
de l'avenue. Voilà comme la chose m'a été contée.

»Au bout de trois jours, je me levai, bien faible, bien pâle, toute conva-
lescente ; je descendis au salon en m'appuyant sur le bras de ma tante. Oh !
jamais, je t'assure, mon cœur n'avait battu si fort. J'attribuais à cette faiblesse l'émotion profonde dont j'étais saisie et qui m'arrêtait à chaque
pas. Au seuil du salon je rencontrai M. de Melta qui se jeta dans mes bras
et m'embrassa avec effusion. J'éprouvai un grand serrement de cœur en
ce moment, car je ne pus m'empêcher de me rappeler que M. de Melta
s'était vanté cent fois de savoir parfaitement nager. Enfin j'entrai au salon. M. de Naré était assis au piano ; ses mains effleuraient légèrement
les touches et sa pose était pleine d'une douce mélancolie. En entendant
entrer, il se leva, et dès qu'il m'aperçut, il devint pâle, se troubla, s'ap-
puya même, je le crois, en chancelant presque, sur un fauteuil qui se trouvait là, et son regard eut un rayonnement dont toute sa figure fut illumi-
née. Je vins à lui, je pris sa main que je serrai dans la mienne, et par un
mouvement *irraisonné* et bien naturel j'embrassai sa mère. Quant à lui,
il ne dit pas un mot, il fit deux ou trois tours dans le salon d'un air agité,
puis vint s'asseoir à côté de moi, qu'on avait posée sur une dormeuse,
et me regarda fixement avec ses yeux candides et bons. J'éprouvai un léger embarras, et je me dirigeai vers le piano, toujours avec le secours
du bras de ma tante. La romance que M. de Naré étudiait au moment où
nous l'interrompîmes était encore ouverte sur le pupitre ; c'était celle que
j'avais chantée à notre dernière soirée.

» Voilà, ma chère belle, comment s'est passée notre première entrevue.
M. de Naré s'est montré de bon goût : il ne s'est pas posé en *sauveur*, et
s'est borné à me témoigner un intérêt muet et touchant.

»Depuis quelques jours, les choses ont repris leurs cours ; je commence
à perdre mon prestige d'héroïne ! on ne parle plus de cette catastrophe.
M. de Naré est aussi réservé qu'auparavant, et quant à moi, tout en
éprouvant pour lui une vive reconnaissance, une amitié plus intime,
je puis t'assurer que mon cœur est tout aussi libre que devant. Ainsi les
prévisions matrimoniales de ma tante sont, en dépit des événemens, plus
loin que jamais de leur réalisation. M. de Naré m'intéresse, voilà tout.
Du reste, l'amitié incompréhensible de M. de Melta pour lui ne se ralen-
tit pas. Entre nous, je n'aurais jamais cru mon oncle capable d'un atta-
chement aussi désintéressé. Ah ! le mot est cruel, je le retire. Adieu, ma
toute bonne, garde-moi le secret sur mon aventure. Si j'en étais morte,

cela serait devenu poétique ; mais retirée de l'eau, je n'ai plus qu'à me
secouer et à me taire.

Lucie de RÉMOND. »

De la lecture de cette lettre, reprit Mme de B***, il résulta pour moi
l'intime conviction que Lucie, si elle n'était pas aimée de M. de Naré,
l'aimait du moins, sans se l'avouer encore, et que cet amour avait déjà
fait de profonds et de secrets ravages dans son cœur. Pour moi qui par
les méchans bruits du monde, connaissais M. de Melta beaucoup trop intimement, et qui cent fois avais vu percer les aspérités de son caractère
sous le masque mollement arrondi de la fausse bénignité, cette lettre
contenait d'autres énigmes, plus difficiles à deviner que l'amour de cette
naïve enfant. J'éprouvai involontairement une profonde terreur ; mille
soupçons extravagans me traversèrent l'esprit, et je n'osais les arrêter
au passage. J'étais encore sous la noire et vague influence de ces pressentimens lorsqu'on m'annonça Mme Mercedin. C'était une petite dame que
j'avais rencontrée assez souvent dans le monde, femme d'un député, qui
depuis deux ans est préfette je ne sais plus où, et en partant a laissé Paris tout malade de ses coups de langue. Douée d'une finesse exquise, coquette, spirituelle et méchante, Mme Mercedin était l'historiographe de
de toutes les anecdotes fâcheuses ; elle disait le mal sans aucun intérêt
personnel, pour le plaisir de le dire, et ses amitiés, ses complimens, ses
douceurs fourmillaient toujours d'épines cachées. Quand je la vis s'asseoir devant moi avec un sourire charmant et un regard tout radieux,
j'appréhendai quelque triste nouvelle, quelque confidence perfide ; je ne
me trompais pas.

En effet, après quelques mots sur les modes et les concerts, elle prit
tout à coup un air de touchant intérêt, et me dit :

— A propos, savez-vous que Mme de Rémond va se remarier ?

— Lucie !

— Mon Dieu, oui ! je viens de l'apprendre à l'instant même chez la
comtesse.

— Oh ! je vous assure, madame, qu'il n'en est rien. Lucie est mon
amie, et si de pareils projets étaient sur le tapis, j'en serais, je le crois,
la première instruite.

— Dans l'ordre naturel des choses, vous auriez raison, mais....

— Vous semblez faire une restriction... que je ne comprends pas.

— Je veux dire que souvent certaines circonstances commandent le
mystère, surtout vis-à-vis des meilleurs amis ; qu'il est des cas où un
mariage n'est pas avouable, et où une confidence est par trop pénible à
faire...

— Je cherche à deviner, madame, le sens de vos paroles ; il me semble entrevoir sous leur voile quelque odieuse calomnie contre Lucie, calomnie à laquelle, je n'en doute pas, vous vous êtes trop pressée d'ajouter foi... j'attends que vous vous expliquiez mieux.

— Madame de Rémond trouve en vous une amie zélée.

— A-t-elle mérité de trouver en vous une ennemie ?

— Oh ! moi, au contraire, je l'aime beaucoup, cette chère Lucie ; elle
est jeune, sans expérience ; elle a auprès d'elle des personnes dangereuses... et je vous assure que je la plains encore bien plus que je ne la
blâme.

— Je ne puis, madame, laisser aller la conversation sur ce ton ; s'il y
a des faits derrière ces insinuations, dites-les.

— Vous le voulez ! Mme de Rémond va se marier, et ce mariage est
inévitable.,.

— Mais encore, qui épouse-t-elle ?

— Son cousin, M. Justin de Naré.

— A cela, j'ai deux choses à répondre. D'abord, il n'a jamais été question de ce mariage; ensuite, les choses en fussent-elles au point où vous les dites, je ne vois pas ce qu'il y aurait dans une telle union de si fâcheux, de si tragique, pour que la nouvelle s'en répétât avec cet air éploré que vous prenez.

— Mais vous ne savez donc pas ce que c'est que M. Justin de Naré?

— Je sais que c'est un jeune homme accompli, de façons excellentes, d'humeur douce en apparence, élégant sans ridicule, joli homme sans fatuité, très modeste et très silencieux, se tenant toujours à l'écart et ne parlant jamais de lui...,

— Vous pouvez ajouter ne parlant de quoi que ce soit.

— Je le connais fort peu. Il est tout jeune encore : à peine a-t-il vingt-deux ans peut-être; au sortir du collége, il est parti pour les pays étrangers en compagnie de son gouverneur et de sa mère, et comme vous le voyez, son passé n'est pas si profond ni si mystérieux qu'il puisse cacher un secret bien fatal.

— Je sais tout cela, ajouta Mme Mercedin, avec son implacable sourire. Mais n'avez-vous jamais remarqué rien d'étrange en lui?

— Rien, que sa discrétion peut-être.

— Et M. de Melta ne vous en a jamais parlé?

— Que pour en faire éloge.

— Eh bien! M. Justin de Naré est idiot.

— Idiot! m'écriai-je avec un sourire d'incrédulité.

— On ne le dirait pas, n'est-ce pas! Il fait illusion. Moi, d'abord, j'y ai été prise la première. Avec ce que vous appelez de la réserve, en ne soufflant mot et en se tenant à l'écart, comme vous le dites, il réussit à passer pour un homme taciturne; cela lui donne même un air de rêveur et d'esprit supérieur aux choses d'ici-bas, qui joue à ravir l'originalité et la pensée; mais il est idiot, complétement idiot. La musique seule, en agissant sur ses nerfs, parvient à lui arracher quelques manifestations de l'âme qui trompent les plus habiles. Ajoutez à cela que sa mère l'habille avec un goût parfait, qu'il se tient sans gaucherie, que son regard, bien que parfois un peu hagard, prend dans certaines occasions une expression quelconque, que son front vide a pourtant été taillé pour l'intelligence, et vous comprendrez comment, au premier abord, on s'abuse à son endroit, et comment on lui donne une signification qu'il n'a pas.

Ces paroles, si elles n'étaient pas vraies, étaient bien perfidement calculées, puisque, malgré le trouble qu'avait jeté en mon esprit une nouvelle si inattendue, elles me semblèrent une révélation. Chaque mot faisait lumière. Grâce à elles, certaines bizarreries, dont j'avais jusqu'alors vainement cherché le sens, s'expliquaient le plus naturellement du monde. Elles pénétraient dans le doute tout brumeux dont mon âme était remplie et prêtaient à des faits vaguement devinés des contours et des aspects précis. Cependant, me défiant de l'odieuse habileté de Mme Mercedin, et lui connaissant l'art de donner un air de bon aloi aux bruits les plus faux, de les frapper à l'effigie de la vraisemblance et d'en faire une monnaie courante, je me contentai de répondre :

— Je n'aurais jamais cru, madame, que la méchanceté pût donner une interprétation aussi cruelle à la modestie et à la timidité de M. de Naré. Je connais assez ce jeune homme pour pouvoir vous affirmer que son idiotisme cache un rare et éminent esprit, et vous me permettrez de dire qu'à force d'audace et d'imagination, ceux qui ont inventé cette nouvelle ont montré de la niaiserie; je les accuse personnellement, ne voulant pas accuser la crédulité d'autres personnes.

Où puisai-je cette hardiesse de prendre ainsi la défense de M. de Naré, en dépit des doutes dont mon âme était sourdement travaillée; ce fut sans doute dans mon amitié pour Lucie; je n'avais que trop bien compris son amour pour Justin, et défendre ce jeune homme, c'était la défendre aussi, je le sentais bien, et j'ajoutai :

— En tout cas, si ce bruit extravagant avait quelque fondement, vous comprenez que Lucie ne tarderait pas à reconnaître cette nullité de monsieur de Naré que vous appelez idiotisme, et qu'un mariage entre eux serait encore impossible.

— S'il n'avait pas été rendu *inévitable*, dit Mme Mercedin d'une voix sèche et en appuyant sur le dernier mot. Ce mot, c'était la seconde fois qu'elle me le jetait à la face avec une inflexion de voix toute métallique et vibrante. Que voulait-elle dire? je n'osais le lui demander; pouvais-je admettre même la possibilité d'un soupçon? L'honneur de Lucie ne planait-il pas pour moi dans une atmosphère éthérée, bien au dessus de la fange dont toutes les âmes basses voulaient le salir? Je laissai donc partir cette femme sans lui donner la satisfaction de prolonger ses perfides confidences, et le cœur tout déchiré, je la reconduisis avec mon plus aimable sourire. Mme Mercedin ne riait plus, elle; son dernier regard fut foudroyant.

Aussitôt qu'elle fut partie, j'envoyai Julien, mon domestique, chez M. de Belgy, ancien camarade d'enfance de M. de Naré, pour le prévenir que j'avais à lui parler. Ce monsieur de Belgy était, s'il vous en souvient, celui qui, dans la soirée musicale de Mlle Dorothée, avait dit, en parlant de Justin, et avec un air de mépris : *Pauvre fleur des fèves!*

Voici le résumé des informations que j'obtins de M. de Belgy. Il n'était que trop vrai, M. de Naré était idiot. Son père, qui avait eu de fréquens accès de folie, s'était brûlé la cervelle un jour en plein salon. Cette scène frappa d'une telle terreur Justin, qui alors n'avait que six ans, qu'il en resta muet pendant long-temps, et que son intelligence, déjà forte et active, se trouva tout à coup paralysée. Son imbécillité n'était pas de celles qui laissent à peine le sentiment de l'existence et l'instinct de la conservation ; Justin était d'un degré seulement au dessous de l'homme vulgaire. Si l'éducation avait pu parvenir à planter quelques dates, quelques faits, quelques poteaux indicateurs au milieu des friches de son intelligence ; si sa pensée, pauvre oiseau perdu, avait pu, dans le vague où elle errait, se guider à de tels points de ralliement, sans aucun doute Justin eût ressemblé à la plupart des hommes. Il ne faisait pas nuit noire dans son âme, mais il y régnait un crépuscule qui ne laissait deviner qu'à peine la forme grossière des objets.

Les efforts de ses professeurs (vous me pardonnerez d'entrer dans ces détails minutieux, mais ils sont indispensables pour faire bien comprendre ce personnage étrange de Justin), les efforts de ses professeurs avaient dû s'arrêter, faute de résultats sensibles. Il avait d'abord été placé dans un collége où il fut si maltraité par ses camarades, qu'on dût le retirer au plus vite. Sa mère le mit dans une petite pension riche ou plutôt pauvre d'une quinzaine d'élèves, où l'on pouvait espérer que l'œil du maître protégerait plus efficacement cette intelligence débile...

En effet, la vie de Justin fut moins tourmentée, et sauf ce malheureux surnom de *Fleur des fèves* qu'on lui donna, il n'eut pas à se plaindre de ses nouveaux camarades.

Fleur des fèves est une parodie de *Fleur des pois*. On l'appela d'abord de ce dernier nom, parce qu'il était toujours mis avec beaucoup d'élégance, puis, comme c'est une opinion généralement reçue que les aliénés ont des accès de folie surtout au moment où les fèves sont en fleurs ; que, par erreur, il passait pour fou, quand il n'était qu'insensé, et qu'enfin, de fleur des pois à fleur des fèves, la distance n'est pas grande, ce dernier sobriquet prévalut.

D'ailleurs ses maîtres d'étude ne s'occupèrent aucunement de lui. Comme vous le pensez, il ne suivit pas le cours du collége, et se trouva faire partie à perpétuité de la classe des petits, qui tour à tour l'avaient bien vite dépassé. L'été, sa plus grande occupation était d'élever des vers à soie; il louait des pupîtres pour y loger ses colonies qu'il se plaisait à voir éclore et à suivre dans leurs divers développemens. Les externes faisaient la commission des feuilles de mûrier.

Du reste, *Fleur des fèves* avait excellent cœur. Plusieurs fois on le vit prendre part à des batailles pour défendre ceux dont la partie lui semblait trop inégale. Il avait une sorte de célébrité aux barres, et se mêlait volontiers aux jeux qui ne demandent que de la force ou de la souplesse.

A vingt ans, force fut bien de l'enlever à la classe des petits où il recommençait éternellement, sans la comprendre, la même conjugaison. Sa mère imagina que les voyages pourraient peut-être réveiller son intelligence de cette infertile torpeur. Mais il paraît, ajouta M. de Belgy, que tout fut inutile. Les grands spectacles du monde, les mœurs diverses des pays étrangers, les splendides aspects de l'Océan, la nature nouvelle et étrange de l'Amérique, toutes ces merveilles passèrent devant son esprit sans y laisser plus de traces qu'elles n'en laisseraient sur un miroir.

M. de Belgy reconnut qu'en apparence rien ne se laissait deviner de cette myopie de l'intelligence ; de fait, sa figure était charmante ; sa bouche relevée aux coins, n'était pas sans finesse, et je vous l'ai déjà dit, son front avait une certaine ampleur.

Vous savez avec quelle recherche exquise il se mettait ; c'était l'homme le mieux ganté de Paris ; de plus il était charmant danseur, et, à ce que m'apprit M. de Belgy, s'il tenait en main une épée ou un pistolet, l'épée ou la balle touchaient aussi vite le but marqué et aussi sûrement que son regard.

— Mais comment se fait-il, demandai-je à M. Belgy, que dans le monde on n'ait pas tout de suite deviné cette absence d'intelligence ?

— D'abord M. de Naré est depuis fort peu de temps à Paris ; puis on l'a vu plutôt dans les promenades où il brille , que dans le monde ; il n'a guère été qu'à la soirée de mademoiselle de Melta.

— Encore une question, monsieur. Alors, comment madame de Mercedin a-t-elle appris ce qui est encore inconnu de tous ?

— Je l'ignore, madame. Moi, j'aime M. de Naré , et je lui ai toujours gardé ce triste secret.

M. de Belgy est un de ces hommes qui, bien que jeunes , ont dans la parole une certaine autorité. Je ne doutai pas un seul instant qu'il n'eût été sincère.

Le départ de M. de Belgy me laissa plongée dans les réflexions les plus étranges. Que Lucie aveuglée par des préventions favorables, séduite par les qualités extérieures de M. de Naré, enthousiasmée par quelques allures poétiques, par le vol du bouquet de violettes et par le dévoûment dont il venait de faire preuve pour elle ; que Lucie n'eût pas deviné la triste réalité, rien d'étrange à cela. La réserve, le mutisme de Justin pouvait même devenir pour elle une sorte d'héroïsme caché, du génie incognito ; à coup sûr ce n'était pas un homme vulgaire. Que mademoiselle Dorothée n'eût pas été plus clairvoyante que Lucie, je le comprenais encore mieux, mademoiselle Dorothée étant romanesque au suprême degré et n'ayant jamais brillé par une perspicacité extraordinaire ! Mais que M. de Melta partageât l'erreur générale, voilà ce qui me semblait impossible, fabuleux. D'autre part, s'il avait deviné ce mystère , pourquoi feignait-il de l'ignorer ? Que signifiait cette amitié subite pour un homme qui n'avait aucune des qualités de l'âme ? Quel intérêt avait-il au séjour prolongé de M. de Naré à La Gardière ? Quel était l'origine des bruits calomnieux auxquels madame Mercedin avait fait illusion ? Dans quel but ces atteintes à l'honneur de Lucie ? A qui devaient-elles profiter ? Sous ce flot de paroles médisantes , je devinais un gouffre, mais qui l'avait creusé ? Puis, bien des circonstances graves me revenaient à l'esprit. Cette impassibilité de M. de Melta, *habile nageur,* lorsque sa nièce se noyait !. Et ma pensée n'osait pénétrer plus loin dans les déductions d'une logique rigoureuse. Je voulais bien prendre l'événement tel que Lucie me l'avait raconté, sans vouloir aller au delà de son simple récit. Mais enfin , sur le fond de tous ces soupçons vagues, confus, terribles et pleins d'ombres, se détachait comme en lettres de feu, cette pensée que Lucie mourant, M. de Melta devait hériter de sa fortune.

J'eus peur pour Lucie, la sachant seule, naïve, sans défense, au milieu de tous ces odieux complots, et, sans prévenir personne de ma prochaine arrivée, je partis pour La Gardière.

Comme par une sorte de pressentiment de ce qui se passait, je fis arrêter ma voiture à un demi-quart de lieue du château , et je pris, à pied , un des bas côtés de l'avenue, longeant le plus possible les buissons de sureaux et d'aubépines qui la bordent. Je voulais que mon entrée fît coup de théâtre, et j'espérais dans les divers mouvemens de surprise que produirait ma présence , surprendre des pensées qui n'auraient pas eu le temps de se dérober.

Il était environ huit heures du soir ; le ciel était couvert de nuages grisâtres, et il tombait une pluie fine et pénétrante qui devait avoir mis obstacle à la promenade accoutumée. L'avenue était déserte, ainsi que la cour du château. Je montai un perron coquet et garni de fleurs, et je me trouvai dans une espèce de large antichambre campagnarde, où toutes les portes du rez-de-chaussée se donnaient rendez-vous. J'arrêtai au passage une servante de Paris, j'en jugeai à sa mise , et qui m'était inconnue. Cette fille qui rôdait je ne sais pourquoi dans cette antichambre , parut toute décontenancée en me voyant, et fixa sur moi un regard interrogateur et défiant.

— Madame de Rémond ? demandai-je.

— Elle n'y est pas, madame.

— Elle y est, je le sais. Je veux lui parler à l'instant.

— Mais, madame...

— Allez, dis-je avec un accent ferme et impératif.

La servante parut un moment se consulter sur ce qu'elle avait à faire , et me dit :

— Qui dois-je annoncer?

— Il est inutile de dire mon nom.

— Alors, je ne puis vous conduire à madame.

L'obstination de cette fille me parut de mauvais augure , et m'embarrassa. Je ne connaissais pas les êtres du château , et ne savais de quel côté me diriger, lorsqu'un bruit de voix , parti d'une des salles dont la porte s'ouvrait sur l'antichambre , vint mettre un terme à mon incertitude ; je m'avançai vers cette porte, bien que la servante fît un mouvement pour me barrer le passage, et j'entrai dans un salon où se trouvait M. de Melta, Lucie, mademoiselle Dorothée, et à ma grande surprise, madame Mercedin.

M. de Melta, sur qui je dirigeai tout d'abord mon regard , éprouva en me voyant, comme une sorte de tressaillement ; sa figure devint livide , et sa bouche resta à demi ouverte de stupéfaction. Je n'eus pas le temps d'examiner les autres personnages, car Lucie, sitôt qu'elle m'eut aperçue, se précipita dans mes bras en pleurant, et s'écria :

— Ah ! mon amie, sauve-moi.

— Que se passe-t-il donc ? demandai-je.

— Madame de Rémond pourra vous l'apprendre, dit M. de Melta d'un air sévère, et il se leva , fit signe à Mme Mercedin et à Mlle Dorothée de le suivre et se retira en me saluant profondément. Mlle Dorothée parut hésiter à obéir devant cette muette injonction; elle s'arrêta au milieu du salon et jeta un regard de commisération à sa nièce; mais à un second signe plus bref encore, et plus absolu de M. de Melta, elle sortit précipitamment.

— Que signifie cette scène ? demandai-je tout éplorée à Lucie ; qu'y a-t-il, dis-moi ? pourquoi pleures-tu ?

Lucie ne me répondit qu'en se jetant une seconde fois dans mes bras, et je sentis en la pressant des sanglots convulsifs qui luttaient dans sa poitrine, et finirent par éclater.

Nous pleurâmes ainsi ensemble long-temps, sans que j'osasse l'interroger de nouveau ; ses beaux yeux fondaient en larmes intarissables ; elle éprouvait un tremblement convulsif, que ni mes caresses, ni mes supplications ne pouvaient calmer, et sa bouche restait muette.

Enfin, quand sa douleur se manifesta avec moins de violence, et commença à redevenir tout intérieure, je sollicitai encore une confidence.

— Pas ici, me dit-elle à voix basse et avec un air d'effroi, pas ici, montons chez moi.

Nous sortîmes en effet. Nous rencontrâmes encore dans l'antichambre cette servante à qui je m'étais adressée.

— Marguerite, dit Lucie d'une voix douce et triste, quand je vous sonnerai, vous monterez à souper à madame, dans ma chambre.

La servante ne répondit pas ; Lucie s'arrêta, indécise si elle allait répéter cet ordre, et violemment émue par le silence impertinent que gardait cette fille.

— Vous avez entendu ce que vous a dit votre maîtresse, mademoiselle ? lui dis-je d'un ton irrité.

— Oui, madame.

— Faites en sorte d'y obéir.

Cette servante s'éloigna en grommelant.

Au milieu de l'escalier qui menait au premier étage, nous rencontrâmes Mlle Dorothée, qui, avant de nous adresser la parole, regarda d'un air effaré en haut et en bas si personne ne pouvait l'entendre, et dit à Lucie :

— Ma chère enfant, je viens d'apprendre que Mme de Naré et M. Justin se sont établis à Verneuil (un village voisin), en attendant qu'ils trouvent une voiture pour revenir à Paris ; tu pourrais encore le revoir...

— Et que m'importe, qu'il parte ou qu'il reste, s'écria Lucie, avec un air de hauteur.

Mlle Dorothée secoua la tête d'un air de doute.

— As-tu besoin de quelque chose ? ajouta-t-elle ; dis-le-moi, je te le ferai porter.

— Ne suis-je pas la maîtresse ici ? dit Lucie. Si mes gens sont vendus à M. de Melta, dès demain je les chasserai.

Mlle Dorothée s'éloigna en soupirant ; Lucie haussa les épaules, continua de monter avec une sorte d'agitation nerveuse et fébrile, et quand nous fûmes enfermées chez elle, elle s'écria avec exaltation :

— Oh ! ta présence me rend toute ma force. Sans toi j'étais perdue ; merci, oh ! merci d'être venue.

Et voici le récit que Mme de Rémond me fit :

« Il te souvient que dans la lettre que je t'ai écrite (car tu l'as reçue, n'est-ce pas, cette lettre ? Ton cœur inquiet a su y lire ce que je n'avais pas songé à mettre, et tu y as vu des soupçons qui n'étaient pas même dans mon âme ; dans cette lettre, donc, il te souvient que je m'étonnais de l'amitié subite qui avait uni M. de Melta, d'ordinaire si défiant et si morose, et M. de Naré qu'il connaissait à peine. Je voyais dans cette amitié un fait bizarre, voilà tout, et j'étais loin, mon Dieu ! d'y chercher des motifs secrets et ténébreux ! Quelques jours après que je l'eus écrite, arriva ici Mme Mercedin. Je ne saurais te dire ma surprise de voir cette femme s'installer chez moi, d'une façon tout aussi inattendue que Mme de Naré et son fils. Je me dis que sans doute M. de Melta, toujours prévenant pour moi, voulait me faire un cercle d'amis dans cette solitude, et jouer tout à fait à la vie de château ; mais je n'aimais pas cet air de vouloir surprendre les gens et de décider si absolument ces sortes d'invitations ; il me semblait que c'était bien le moins qu'il me consultât sur le choix des personnes dont il voulait m'entourer, d'autant plus qu'il n'avait pas la main heureuse. D'abord c'était Mme de Naré, ma parente, il est vrai, mais que je n'avais vue que deux fois ; puis c'était Mme Mercedin, une femme méchante, perfide, dont la conduite a été au moins légère, et que je ne puis pas estimer. Enfin, je passai sur le fait, en vue de l'intention, et je fis bon accueil à cette femme.

» Deux ou trois jours après son arrivée, je me sentis prise, au sortir de table, d'une lourdeur inconnue ; mes bras, au moindre effort, retombaient avec lassitude, tout mon corps s'appesantissait sur lui-même, et mes paupières détendues semblaient n'avoir plus de ressort. Cette disposition à la somnolence s'était fait sentir au milieu du dîner ; il se forma comme un nuage devant mes yeux et mes oreilles bourdonnèrent ; je fis les plus violens efforts pour vaincre cet abattement ; mais c'est en vain que je voulais suivre attentivement le fil de la conversation et me rattacher à la réalité en saisissant çà et là des lambeaux de phrase ; il ne venait à moi que des mots incohérens, décousus, mutilés ; les personnes qui m'entouraient m'apparaissaient comme des fantômes au dessus desquels il me semblait que je planais ; je sentais que mes pieds ne touchaient plus la terre, et que j'étais emportée comme dans un balancément vague.

» Cet état s'aggravant de plus en plus, je dus quitter le salon en m'appuyant sur le bras de ma tante, je montai chez moi : je me mis au lit, et je fus prise d'un profond sommeil.

» Il paraît que la promenade du soir eut lieu comme d'ordinaire ; seulement j'appris plus tard que M. de Naré était resté au château.

» Le lendemain, quand je me réveillai, il était déjà grand jour. Il me fallut un long combat pour parvenir à ouvrir mes paupières alourdies. Il me restait de la veille un affaiblissement, un anéantissement complet. Cependant, je me soulevai un peu sur l'oreiller, et il me sembla alors que je rêvais les yeux ouverts, comme il arrive quelquefois, tu sais, lorsqu'on voit des objets étranges et cependant distincts, et qu'on a la conscience de son sommeil.

» Le jour pénétrant au travers des rideaux de mousseline de la fenêtre, il régnait dans la chambre une clarté légèrement voilée ; là, près de mon lit, sur ce fauteuil, M. de Naré était assis et dormait. Je contemplai un instant ce visage calme et beau, et tout en dormant je me disais : Mais comment se trouve-t-il là ? Voulant éloigner cette vision qui par sa persistance m'importunait, je me retournai du côté de l'alcôve, je pensai à toute autre chose, puis enfin, bien éveillée cette fois, ayant le sentiment de ma lucidité d'esprit, je jetai un second regard dans ma chambre... Je ne pus retenir un cri d'effroi, cette vision était encore là, devant moi, plus réelle, plus vivante que jamais. Je passai une main sur mon front comme pour y retenir ma raison prête à s'échapper ; mais non... je ne rêvais, ni ne divaguais... C'était bien M. de Naré lui-même que je voyais devant moi. Je restai un instant anéantie, la tête égarée, folle de terreur et de honte ! Enfin, je me levai doucement, je passai un peignoir et j'ouvris tout grands les rideaux des fenêtres. Que dire ! que faire ! appeler au secours, folie ! me sauver, était-ce éviter le scandale ? Le plus sûr encore était, sans chercher à comprendre ce qui réellement demeurait incompréhensible ; le plus sûr était de réveiller M. de Naré ; mais comment ? Je pris une des porcelaines qui se trouvaient sur cette console et je la jetai violemment à terre. M. de Naré fit un mouvement, ouvrit les yeux, se leva à demi avec un mouvement de surprise, et je m'écriai :

» —Monsieur, que faites-vous là ? Comment y êtes-vous venu ? Quel était votre dessein !...

» A toutes mes questions pressées M. de Naré ne répondit pas.

» Je m'approchai de lui, je le pris par le bras ; je lui dis, cette fois-ci, à voix basse, comprenant mon imprudence, parlez, parlez de grâce.

» M. Justin me regarda d'un air effaré, et retomba tout affaissé sur le fauteuil.

» — Comment êtes-vous venu ici, lui répétai-je, avec anxiété ?

» — Je l'ignore.

» — Que veniez-vous faire ?

» Il garda le silence.

» — Votre conduite est infâme !

» M. de Naré me regarda de son regard calme et plein de douceur.

» — Il faut sortir, monsieur, il faut sortir tout de suite !

» — Si vous le voulez.

» Je ne comprenais rien à ces réponses imperturbables et jouant la niaiserie, j'ouvris à petit bruit cette porte qui donne sur un corridor où jamais il ne passe personne, et je lui dis les mains jointes et les yeux pleins de larmes :

» — Oh, monsieur, partez, partez ! vous me perdez !

» A peine achevais-je ces paroles que je me trouvai face à face avec M. de Melta, Mme Mercedin et ma tante. Je poussai un cri et je tombai évanouie.

» Quand je revins à moi, la journée était déjà bien avancée. Ma tante Dorothée était assise près de mon lit. Elle pleurait. Je restai quelque temps plongée dans un abattement profond. Il y avait dans ce qui s'était passé quelque chose d'étrange et d'incompréhensible. Comment M. de Naré s'était-il introduit chez moi ? A quelle heure ? Dans quel but ? Pourquoi avait-il été si audacieux, pour se montrer, lorsque je l'interrogeai, si timide, si irrésolu ? Pourquoi avait-il eu le calme de l'innocence, plutôt que le sang-froid railleur et cruel du coupable ? Par quel hasard inouï M. de Melta, madame Mercedin et mademoiselle Dorothée se trouvaient-ils dans ce corridor condamné de temps immémorial et toujours désert ? Dans ces pensées pleines d'anxiété et d'ombres, ma raison se perdait, mais peu à peu toutes ces nuées se dissipèrent, et le sentiment de mon innocence rayonna seul et splendide dans mon âme, comme un soleil qui se dégage de la brume. Je me sentis forte, courageuse, pleine d'énergie et me retournant vers ma tante à qui je n'avais pas encore adressé la parole, je la priai de faire venir dans le salon M. de Melta, madame Mercedin, madame de Naré et son fils, et je la prévins que j'allais descendre sur le champ. Je voulais une explication, et je la voulais devant tout le monde, et je me sentais forte, courageuse, pleine d'énergie. Il me semblait que, sous la puissance de mon indignation, M. de Naré aurait été obligé de tomber à genoux et de s'avouer lâche et infâme, et j'étais de force, je t'assure, à briser comme un fil tous ces liens perfides dont je me sentais prise.

» Mlle Dorothée chercha à me dissuader de ma résolution ; mais cette fois je ne priai plus, j'ordonnai.

» Je descendis donc au salon ; M. de Melta et Mme Mercedin y étaient en effet, mais je ne n'y vis pas M. de Naré et sa mère ; ils venaient de partir du château.

» L'éclat que je cherchais me fuyait ; cette espèce de duel moral que je voulais entre ma pensée et celle de cet homme, ce jugement de Dieu en qui j'avais foi, me faisait défaut. C'étaient des témoins que j'avais appelés et je trouvai des juges. Au premier mot que je dis, — et ce n'était pas une défense, grand Dieu ! — j'aurais rougi de me défendre, mais enfin mon accent était ferme, mon regard hardiment posé, mon innocence était sur mon front ; au premier mot que je dis, je fus terrassée. On me répondit d'un air discret, mêlé à la fois de sévérité et de compassion. Comme si j'eusse essayé de me disculper, on se hâta de s'éloigner, ainsi que d'un terrain brûlant, du sujet que je pouvais aborder ; on eut pitié de ma honte ; on fut plein de commisération pour ma douleur ; on sembla craindre pour moi la confusion d'une explication ; on se donna les airs d'une odieuse générosité. Oh ! j'avais du courage pour l'insulte venant à moi hardiment et le front levé, je n'en avais pas pour cette insulte basse, sourde et muette ; je tombai anéantie, folle à moitié, doutant si en effet je n'avais pas mérité tout ce mépris ; je voyais autour de moi, sous ces masques hideusement bienveillans, des ennemis acharnés à me perdre, j'étais là seule au monde, vraiment déshonorée cette fois et à tout jamais, lorsque tu es entrée, toi, mon ange sauveur, toi qui ne pouvais pas douter de moi ! Oh ! merci encore, merci d'être venue. Je ne sais pas ce que tu feras ni ce qu'il faut faire, mais tu me protégeras ? n'est-ce pas ; tu me sauveras, car ce n'est pas pour rien que Dieu t'a envoyée ici. »

Oh ! oui, je partageai l'exaltation de Lucie. Oui, je résolus de la sauver. Mais il fallait avant tout avoir le triste courage d'arracher jusqu'aux dernières illusions de son cœur, sans savoir si elles y tenaient par de profonds liens, et si en les arrachant on ne ferait pas une affreuse blessure. Je lui racontai la visite de madame Mercedin et ses cruelles allusions. et le mot de *mariage inévitable* deux fois ramené et singulièrement accentué, ceci bien avant la terrible scène de la nuit, puisque madame Mercedin n'était venue à La Gardière que quelques jours après notre conversation. Il y avait donc prophétie ; elle avait deviné avec une sagacité peu commune un événement à venir. Enfin, il me fallut bien dire à Lucie ce mot affreux, si elle aimait M. de Naré : — *Il est idiot.*

Madame de Rémond éprouva à cette révélation une horrible secousse ; ses mains se crispèrent, son visage devint d'une pâleur mortelle, elle se leva toute chancelante, posa sa main sur mon front et dit d'une voix creuse ces mots seulement :

— C'est donc cela !

Puis elle se rassit avec un calme effrayant, posa ses deux mains dans les miennes, et, fixant sur moi un regard froidement rayonnant, elle ajouta :

— Continue.

— Tu l'aimais ? lui dis-je.

— Oui.

Il y eut un moment de silence où je sentis des frissons courts et violens passer dans tout son être, puis elle reprit d'une voix douce, cette fois, et pleine de larmes :

— Continue.

Je lui racontai alors toute la vie de M. de Naré, telle que me l'avait apprise M. de Belgy : cette intelligence subitement nouée, cette complète absence de pensée sous un front pourtant formé pour la pensée ; ces éclairs d'une âme à demi éteinte qui parfois jaillissaient dans le regard et animaient un visage vide ; cette supériorité acquise dans toutes les qualités extérieures, qui cachait l'infériorité de l'intelligence ; cette riche étoffe drapée sur un mannequin grêle et sans vie ; oh ! je fus cruelle, je le sens, dans mon analyse, mais il le fallait !

— Crois-tu, lui dis-je en finissant, que M. de Melta n'eût pas deviné depuis long-temps M. de Naré ?

— Il le connaissait, me dit Lucie d'une voix brève et ferme.

Je n'osais en venir aux soupçons vagues dont mon âme était remplie, lorsque nous entendîmes gratter à la porte. C'était la servante que j'avais rencontrée dans l'antichambre. Elle venait me prier, de la part de M. de Melta, de me rendre au salon, où il désirait m'entretenir.

— Aie bon courage, dis-je à Lucie en partant ; je commence à comprendre.... c'est horrible !

La nuit était venue, une nuit sombre et roide. Le salon vaste et profond, éclairé seulement dans un angle par une bougie pâle et comme toute grelottante dans une atmosphère humide, était lugubre ; il s'y découpait de grandes ombres aux aspects bizarres et effrayans, et les portraits attachés aux parois, et à peine accusés, semblaient, avec leurs yeux noirs et fixes, interroger sévèrement sur ces événemens mystérieux, la conscience de ceux qui passaient. M. de Melta était assis. Il se leva en me voyant, vint me prendre la main, et me conduisit à un fauteuil où il me pria de m'asseoir. Sa figure, cette figure italienne, pleine de ruse, et tout arrondie par la bonhomie, ne m'avait peut-être jamais paru plus terrible. Ombragés de sourcils épais, ses yeux noirs, d'ordinaire sourians, prenaient quelquefois, à la dérobée, et comme à son insu, une expression sinistre. Sa bouche, aux lèvres épanouies, — signe physiologique, non pas toujours de la bonté, mais du moins de la passion, — sa bouche se tordait en mille petites contorsions pleines de mystère et de réticence. Son teint, d'un ton olivâtre, était, à la lumière, d'une pâleur maladive. La figure de M. de Melta respirait, pour le moment, la bienveillance, mais cette bienveillance me fit peur. Je résolus de me tenir sur mes gardes, et de laisser venir à moi les paroles comme vers une forteresse armée, et dont tous les ponts-levis sont fermés.

— J'ai voulu, madame, me dit M. de Melta avec une voix douce et toute musicale, j'ai voulu, avant de vous entretenir d'un sujet fort pénible, vous laisser le temps de recevoir les confidences de cette pauvre Lucie. Votre arrivée ici est un bonheur pour elle. Nous espérons tout de vos conseils et de votre amitié. Lucie a une imagination ardente, une tête folle et pleine de rébellion ; cette chère enfant s'est cachée de nous, s'est isolée, s'est enfermée dans l'exaspération de son âme ; c'est ainsi que, sans guide, sans appui, sans expérience, on arrive à de graves malheurs que par fierté, par un entêtement de jeune femme, on parvient à rendre irréparables.

Cet *irréparable* me parut proche parent de l'*inévitable* de Mme Mercedin.

Il me fallut du courage pour garder mon sang-froid devant cette cruauté qui se faisait humble et douce. Mais prendre la défense de Lucie, c'était perdre tous mes avantages, c'était sortir de mes retranchemens mystérieux, c'était me prononcer. Et puis il avait des preuves contre elle ; en avais-je en sa faveur, pour essayer de lutter ? Je me contentai donc de répondre :

— Comme vous le pensiez, Lucie m'a tout confié.

M. de Melta me lança un regard sourdement interrogateur que je soutins avec sérénité.

— C'est un affreux malheur, ajouta-t-il avec un soupir plein d'onction.

— Bien affreux, en effet.

— Plus grand peut-être que vous ne le supposez.

— Expliquez-vous, monsieur.

— Ce M. de Naré est idiot.

— Vous le saviez donc, lui dis-je avec précipitation, croyant le prendre en défaut.

— Madame Mercedin m'a tout appris.

— Il est étrange que vous ayez attendu les confidences de Mme Mercedin pour vous en apercevoir.

— Oh! moi, répondit M. de Melta avec son air de parfaite bonhomie, je suis un paysan, un sauvage, causant du beau temps et de la pluie, voilà tout. Nous passions avec M. de Naré les journées à la chasse, lui dans un buisson, moi dans un autre. Les coups de fusil étaient notre seule conversation de la matinée. Le soir venu, on parlait des coups qu'on avait faits, puis Lucie se mettait au piano... et nous n'avions jamais d'entretiens plus intimes. J'ai vu, en M. de Naré, un homme très réservé, très silencieux, voilà tout.

J'aurais dû prévoir ces réponses et ne pas révéler à cet homme, par un triomphe anticipé, qu'il y avait lutte secrète entre nous.

— Lucie est une femme perdue, reprit M. de Melta avec un accent de profonde douleur.

Cette fois je gardai le silence.

— Si jeune, mon Dieu!

Où voulait-il en venir?

— Et le monde est impitoyable!

M. de Melta jouait le monologue dramatique.

— Et tôt ou tard ce fatal secret, qu'il eût fallu étouffer dans le cercle de la famille, sera connu de tous.

— Je ne vois pas...

— Les domestiques ont tout appris... Comment? je l'ignore.

— On pourrait acheter leur silence.

— Ils gardent l'or, et ne gardent pas les secrets. Et puis il y a cette amie de Lucie, cette Mme Mercedin, une femme que je déteste... qu'il m'a toujours été pénible de voir dans l'intimité de Mme de Rémond... Ce n'est que sur ses instances réitérées que je l'ai engagée à venir ici... Une créature odieuse! Achetez donc son silence! Elle a perdu sa propre sœur... elle a calomnié sa mère!...

Chacun de ces mots était un acheminement sourd vers un but caché; je restais muette, palpitante, attentive, et, de l'ombre où je m'étais placée, je scrutais profondément le visage impassible de M. de Melta; je pénétrais, pour ainsi dire, dans son regard sans en pouvoir sonder la profondeur... Il me révélait peu à peu, et comme sans y prendre garde, ses affreuses machinations; Lucie était perdue, avait-il dit, et ce n'était que trop vrai! Il déchirait, lambeau par lambeau, le voile de sa conduite; il semblait me dire: Regardez! lui ai-je laissé une seule chance de salut? n'est-elle pas toute garrottée par mille infâmes liens? Et toujours son visage gardait ce masque d'inaltérable bienveillance, et ses yeux noirs et veloutés se fixaient sur moi avec une impénétrable candeur! Oh! que cet homme était dangereux!

— J'ai bien songé à toutes ces choses, ajouta-t-il. Aux premiers mouvemens d'indignation et de colère ont succédé le calme et la réflexion. Le mépris a fait place à la pitié. Lucie a été coupable, seule coupable, car *cet homme n'existe pas*. Mais faut-il être inexorable? Faut-il qu'une erreur d'un moment soit expiée par toute une vie de douleur, de larmes et de honte.

Faut-il que, pour une enfant de vingt ans, il n'y ait plus, dans le monde, que la solitude et l'amertume du cloître, sans la foi et l'innocence, et avec le remords ! Aura-t-elle dit pour toujours adieu à toutes les fêtes, à toutes les joies ! Oh ! devant cet horrible châtiment, j'ai senti en moi se réveiller mon amitié de père pour Lucie ; je me suis dit que j'étais son seul protecteur ici-bas, que peut-être je n'avais pas veillé sur elle avec assez de sollicitude et de soin ; que peut-être j'étais le seul coupable ! Cette pensée est affreuse ! mais comment lui rendre sa place dans le monde ? comment sauver cet honneur perdu ? C'est alors que le ciel m'a inspiré une résolution toute de dévoûment et d'abnégation. Que Lucie consente à être ma femme, et, protégée par ce mariage, par un nom honorable, elle pourra encore marcher le front levé, et braver tous les méchans bruits contre lesquels une telle union sera une assez puissante protestation.

Je ne pus retenir un mouvement de surprise et d'effroi.

— Mais M. de Naré ! dis-je en balbutiant.

— S'il n'avait été insensé, je l'aurais tué. Mais comment prendre au sérieux ce pauvre idiot ; c'est parce que je le considère comme n'étant pas de ce monde, et que Mme de Rémond est pour moi comme deux fois veuve, que je ne craindrai pas de lui donner mon nom. C'est à vous, madame, qui connaissez les lois impitoyables de la société, à apprécier tout ce qu'il y a de généreux dans ma conduite. Entre moi et Lucie il y aura toujours un nuage ; mais ce sera une ombre tout intérieure, tandis qu'au dehors son honneur n'aura pas un seul instant été terni.

Il y avait vraiment dans la voix de M. de Melta et dans son geste une dignité toute paternelle ; il se leva, me prit la main, et me reconduisit lentement jusqu'aux premières marches de l'escalier qui menait chez Lucie. Là il s'arrêta, leva les yeux au ciel, et s'éloigna avec un signe amical de la main. M. de Melta, tel que je l'avais connu jusqu'alors, était un jeune homme vieilli, honteux presque de ses quarante-cinq ans ; ce soir-là, il avait soixante ans ; c'était un vieillard digne et grave, et qui paraissait aimer vraiment Lucie d'un amour saint et dévoué.

Je retrouvai Mme de Rémond agenouillée et tout en larmes à son prie-Dieu, et je m'écriai en me jetant dans ses bras : « Pauvre Lucie ! »

Une heure après, c'est-à-dire à dix heures, Lucie et moi, toutes deux voilées et enveloppées dans un châle sombre, nous descendions à petit bruit un escalier dérobé du château qui nous conduisit à l'entrée du jardin potager. Nous nous glissâmes, comme des ombres, sous un berceau de vigne qui côtoyait le mur de ce jardin, et au bout duquel se trouvait une petite porte d'ordinaire fermée au pêne seulement, et protégée par un verrou. Nous parvînmes à l'ouvrir, en dépit de la rudesse que la rouille avait donnée à la serrure, et nous nous trouvâmes dans les champs.

La résolution que nous avions prise était étrange, hasardeuse, pleine de dangers ! mais, vous le savez, les femmes sont ou trop timides ou trop aventureuses ; elles vont sans transitions d'un extrême à un autre ; natures faibles et passives, elles laissent arriver le mal et se courbent à son approche, et n'osent le regarder en face ; mais si une fois elles se trouvent aux prises avec lui, tout-à-coup elles déploient une force inattendue, une activité fébrile, une volonté impatiente et rapide, qui parfois n'amène que des démarches fausses et compromettantes, mais parfois aussi font l'escalade du succès.

Si quelqu'un nous eût rencontrées errant ainsi à travers champs, à cette heure et seules, et nous eût reconnues, qu'aurait-il pensé de nous ? Quel accablant témoignage n'aurions-nous pas donné nous-mêmes aux bruits calomnieux qui déjà se glissaient sourdement à l'approche du grand scandale prêt à s'ébruiter, comme des chauves-souris à l'approche de la nuit. Mais hélas ! au milieu de ces ténèbres perfides, nous n'avions qu'un seul espoir qui rayonnait faiblement tout au loin sur notre route, et, les yeux fixés sur cette incertaine lueur, nous allions pleines de confiance et sans songer au danger.

Le ciel s'était éclairci. La nuit était belle et fourmillante d'étoiles, et la lune, s'élevant au dessus des nuées blafardes et toutes plissées, semblait se dégager de son linceul et s'élançait dans l'azur. Il nous semblait que c'était un présage, et qu'ainsi le bonheur de Lucie allait se lever rayonnant.

Nous allions à Verneuil. Verneuil est un petit hameau sur le bord de la route de Paris, à trois quarts de lieue du château. Le chemin pour s'y rendre est des plus étranges. Il fallait traverser un nombre infini de ces sortes d'enclos entourés de haies, fraîches de pelouses parsemées de pommiers, et ayant chacun leur *masure*, qui, en Normandie, se trouvent côte à côte, et se continuent pendant des lieues, donnant l'un dans l'autre, et séparés seulement par des portes à claire voie. Ces enclos sont traversés par de petits sentiers qui sont chemin public. Les portes sont fermées seulement au loquet, et souvent même par une simple branche qui d'un côté s'enfonce dans la haie, et de l'autre se pique dans les jours de la claire-voie. Il s'agit donc, pour passer, d'ouvrir seulement la porte ; l'on n'est tenu qu'à la refermer derrière soi.

J'avoue que, dans le premier moment, j'éprouvai des terreurs mortelles. Chaque tronc d'arbre me paraissait un homme dont la noire silhouette se découpait sur le fond légèrement argenté de la prairie. Tous les coins sombres me semblaient habités, et je peuplais ces solitudes de tout un monde fantastique. Lucie n'était pas, tant s'en faut, si effrayée ; elle connaissait la plupart des habitans de ces masures, qui, je dois le dire, ne faisaient pas seulement mine de se montrer. Toutes les portes étaient fermées ; pas une lumière aux vitres ; la lune seule y jetait des reflets éblouissans.

Mais ces puérils effrois firent bientôt place à de plus sérieuses inquiétudes. A mesure que nous avancions, l'étrangeté de notre démarche nous apparaissait plus distincte, plus réelle ; à chaque pas que nous faisions, notre résolution reculait, pour ainsi dire. Toutes deux nous gardions le silence ; chacune à part soi, —car nous nous le sommes avoué depuis, — chacune en proie au doute, à l'incertitude, chacune sentant tomber goutte à goutte sur la flamme d'une folle ardeur, la froide réflexion.

Cependant, nous atteignîmes le dernier enclos, et nous nous trouvâmes sur un chemin plus large, qui coupait des champs de blé ou de seigle, et nous pûmes voir à l'horizon plat et nu se détacher la masse opaque et noirâtre d'une agglomération de maisons ; nous étions à Verneuil.

Parmi ces maisons, une seule était encore éclairée, c'était l'auberge. Nous ne doutions pas, d'après la vague indication de Mlle Dorothée, que Mme de Naré et son fils n'y eussent mis pied pour attendre le passage d'une voiture se dirigeant vers Paris.

Mais avant d'entrer dans cette auberge, un autre embarras s'offrit, auquel nous n'avions pas songé. Je dis à Lucie :

—Je dois seule me présenter à madame de Naré ; en attendant, où vas-tu te tenir ?

— Oh ! je ne te quitte pas, s'écria madame de Rémond. Je suis à demi morte de terreur. D'ailleurs, qu'ai-je à redouter ?

En effet, le visage de Lucie était pâle , décomposé. Chacune de nous avait eu foi dans le courage de l'autre, et si toutes deux nous nous étions su aussi effrayées, je crois que nous serions tombées mortes sur le chemin.

L'hôtesse parut stupéfaite et nous examina quelque temps , comme si elle eût supposé que nous fussions des brigands déguisés ; enfin, elle se décida à prendre une mauvaise chandelle et à nous conduire à la chambre de Mme de Naré.

Du reste, nous apprîmes de cette femme, tout en montant l'escalier, le plus tordu qui soit au monde, que le lendemain de grand matin une carriole devait conduire Mme de Naré et son fils à la ville voisine. Ainsi, et à part le résultat toujours douteux, notre visite nocturne se trouvait motivée ; comme nous l'avions pensé, le lendemain il eût été trop tard.

Mme de Naré répondit à l'hôtesse d'une voix altérée, et n'ouvrit sa porte qu'après un moment assez long d'hésitation. Elle ne put dissimuler un mouvement d'effroi en nous voyant, et quand l'hôtesse nous eut laissées seules, ce fut avec un tremblement nerveux qu'elle nous fit signe de nous asseoir.

Lucie était plus morte que vive ; elle se laissa tomber sur le fauteuil que Mme de Naré lui offrit ; sa tête se pencha, ses yeux se fermèrent, elle eut un évanouissement ; nous lui fîmes respirer des sels ; j'arrachai plutôt que je ne relevai le voile qui lui cachait le visage, et peu à peu elle revint à elle, mais elle était si faible, si abattue, sa raison paraissait si vacillante que je n'osai l'exposer aux secousses de l'entretien que nous allions avoir, et que je demandai à Mme de Naré de lui laisser prendre quelque repos pendant un instant.

Mme de Naré, visiblement émue, ouvrit la porte d'un petit cabinet où se trouvait le lit ; — la chambre où nous étions formait salon, si l'on peut donner ce nom à la réunion de quelques fauteuils boiteux et de deux ou trois gravures jaunâtres dans une grande chambre décarrelée et tapissée d'un papier en lambeaux. Lucie se laissa conduire dans le cabinet, sans avoir la conscience de ce qu'elle faisait, et nous la couchâmes tout habillée sur le lit, où elle fut prise comme d'un assoupissement qui était plutôt le sommeil de l'âme que celui du corps. Nous rentrâmes, Mme de Naré et moi, dans le salon, cette dame semblant lutter entre l'intérêt que lui inspirait l'état alarmant de Mme de Rémond, et je ne sais quelle crainte que trahissait son regard plein d'hésitations et de défiance, et moi sérieusement effrayée des suites funestes que pouvait avoir notre imprudence.

Il y eut entre nous un moment de silence. Enfin, madame de Naré, vaincue par son émotion intérieure, s'approcha de moi, me serra la main, et me dit avec des larmes dans la voix :

— Tout ce qui s'est passé est bien affreux, madame. Mais parlez, que voulez-vous de moi, pauvre mère, isolée, sans appui dans ce monde ?

— Vous savez, vous, madame, que Lucie est restée pure, et qu'elle a été victime d'une odieuse trahison ; je viens vous supplier de m'éclairer sur un complot que vous avez ignoré, — oh ! je le comprends ! — mais dont vous avez nécessairement été, — et trop tard, hélas ! — la confidente involontaire.

— J'ignore...

— Je sais d'abord, repris-je en l'interrompant, que M. Justin *ne peut pas* (et j'appuyai sur ces mots), *ne peut pas* avoir de secrets pour vous. C'est un enfant... » La pauvre mère se cacha la tête dans les mains et éclata en sanglots.

Croyez, madame, ajoutai-je, que c'est bien malgré moi que j'ai froissé cet endroit si douloureux de votre cœur. J'admire trop votre dévouement de mère, et je me sens portée vers vous par une amitié trop sympathique, pour ne point regretter amèrement ces indiscrètes paroles.....
Mais une autre amitié, une autre amitié de toute ma vie, et dont les exigences sont à la fois pour moi douces et rudes, m'oblige à être sincère avec vous, au risque d'être cruelle...

— Oh ! je ne vous en veux pas, mon Dieu !

— Comment M. de Naré s'est-il trouvé chez Mme de Rémond ?

— Lui-même, il l'ignore, madame, et n'a rien pu m'avouer. Vers la fin du dîner où Mme de Rémond se trouva indisposée, je remarquai chez Justin quelque chose d'étrange qui m'alarma. Sa tête se penchait comme involontairement ; son regard se voilait ; il lui fut impossible de venir avec nous à la promenade du soir. Effrayée par ces symptômes, je me défendis moi-même de prendre part à cette promenade ; je voulais rester près de lui, le soigner... J'en dis quelques mots à M. de Melta... mais celui-ci me répondit avec un regard dont l'expression jeta le trouble dans mon âme :—Voilà bien comme sont les mères... Vous viendrez avec nous.. je vous emmène de force. Il faut toujours que vous soyez près de Justin. Il semble qu'il ne puisse dire une parole, faire un pas sans votre secours !—Je tremblais tant de voir se découvrir un secret terrible,—que vous avez deviné, madame, et pour lequel je vous demande à genoux un éternel silence, car mon fils, voyez-vous, c'est ma vie, et un mot de vous peut le perdre et me tuer ! Que vous disais-je? ou en étais-je?... Je tremblais tant que l'esprit rusé de M. de Melta ne pénétrât ce secret si heureusement caché jusqu'à ce jour, que je n'insistai pas pour demeurer au château. Ce qui se passa pendant cette promenade , où nous allâmes, je l'ignore. Je ne vis rien, je ne pensai qu'à lui. Quand nous fûmes de retour, je voulus monter à la chambre de Justin; M. de Melta témoigna en ce moment un vif intérêt pour la santé de mon fils, et m'accompagna.

Justin était au lit et dormait d'un profond sommeil. Notre entrée bien qu'assez bruyante ne le réveilla pas.

Le lendemain, aussitôt le jour venu, je m'habillai en toute hâte et je montai à sa chambre. Je la trouvai vide. Je supposai que Justin était descendu dans le parc... Je parcourus toutes les allées, je l'appelai, mais en vain. Je rentrai au château mourante de terreur... et c'est alors seulement que j'appris ce qui s'est passé.

—Et M. de Naré n'a gardé aucun souvenir de ce qui eut lieu cette nuit?

—Aucun.

—Mes soupçons étaient justes. On lui a fait prendre de l'opium comme à Lucie.

Madame de Naré gardait le silence.

— Vous comprendrez, madame, repris-je, qu'entre nous il est inutile de chercher des détours. Je ne sais quelle est votre opinion sur cet infâme mystère. Quant à la mienne, la voici : Lucie a quarante mille livres de rente; elle est veuve; M. de Melta est revenu des îles sans un sou vaillant. Vous n'êtes pas sans avoir entendu parler de sa jeunesse orageuse. Vous savez qu'à l'âge de seize ans — ceci est dit entre nous, et par conséquent, il n'y a aucun danger, — vous savez qu'à l'âge de seize ans il avait fui de la maison paternelle, et que, pour faire face aux besoins dévorans d'une existence coupable, il avait eu recours à de nombreux faux. M. de Melta père, était riche et appartenait à une honorable et ancienne famille de la magistrature. Il parvint, grâce à son crédit, grâce aussi à son immense fortune peut-être, à étouffer cette terrible affaire et il fit partir son fils pour la Guadeloupe, où habitait une partie de sa famille. Là, je sais, par quelques connaissances intimes , que M. Melta continua sa vie de dissipation et de débauche, si bien qu'il fut forcé d'aller chercher dans quelque autre partie du monde, de l'oubli pour ses nouvelles fautes, et du silence pour ses scandales. Ces détails, je ne les ai appris que trop tard, et lorsque déjà Lucie habitait sous le toit de son oncle. Un jour donc M. de Melta revint en France, aussi pauvre qu'il en était parti, et de plus déshérité. Il se réconcilia avec mademoiselle Dorothée, sa sœur, tête faible et cœur indulgent, et qui jouissait en paix des débris de la fortune paternelle. En apparence, M. de Melta revenait bien changé; c'était un homme grave, dignement posé, et qui eût fait oublier, par la sévérité de sa conduite, ses mille erreurs de jeunesse, si dans le courant, sans cesse renouvelé de la vie parisienne, le souvenir n'en eût pas été depuis long-temps perdu. Au fond, c'était toujours le même homme, possédé d'un amour effréné du luxe, des plaisirs, des jouissances du monde et cachant seulement sous un masque trompeur d'hypocrisie et de bonhomie, la violence toujours jeune de ses passions. En quelques mois, au train dont il s'y mit, il eût dévoré la fortune de mademoiselle Dorothée : ce fut alors que Lucie devint veuve, et que des avances lui furent faites sous les faux semblans d'une vive amitié, pour qu'elle vînt se réfugier auprès de sa tante. Les quarante mille francs de rente de Lucie eurent bien vite remis à flots le crédit de M. de Melta qui commençait à côtoyer les écueils et les bas fonds... Mais enfin Lucie est veuve... Lucie est jeune... d'un jour à l'autre, elle peut, elle doit se remarier... vous comprenez cela... et alors adieu à tout jamais, pour M. de Melta, à cette vie de doux loisirs, de luxe, de fêtes, qui a toujours été la sienne, et qu'il n'abandonnera pas volontiers, aujourd'hui que l'âge est venu, pour une existence de travail, de privations et d'humilité. D'un autre côté, il y avait trop de distance de Mme de Rémond à M. de Melta, de la nièce à l'oncle, pour qu'un mariage entre eux fût possible. — Il y a donc eu une sorte de blocus autour de Lucie ; — Mlle Dorothée ou plutôt M. de Melta recevait régulièrement toutes les semaines, mais jamais il ne donnait de bals. C'étaient ou des soirées de jeu ou des soirées musicales, auxquelles on n'admettait que des hommes mûrs et peu dangereux pour une jeune femme, qui était encore une toute jeune fille.

Un seul jour, il fut fait exception à cette règle rigoureuse, et ce fut en faveur de M. de Naré. Vous vous êtes flattée, madame, de l'espoir que M. de Melta ne connaissait pas un secret que vous croyiez à tout jamais caché entre votre fils et vous ; ce secret n'en fut pas un long-temps pour lui ; c'est de madame Mercedin que la révélation m'en est venue, et madame Mercedin est la confidente de M. de Melta. Comment est-elle parvenue à le découvrir?... je l'ignore. Il n'est rien de caché pour cette femme. Toujours est-il que la maison de Mlle Dorothée, d'ordinaire, fermée à tous les jeunes hommes, fut ouverte à M. de Naré, et que sans que les liens de parenté, si long-temps détendus, fussent suffisans, peut-être, pour motiver une telle invitation, vous avez été engagés à venir passer quelque temps à La Gardière. Ce qui s'y est passé, vous le savez comme moi ; votre fils, plongé dans un sommeil surnaturel, et que vousmême n'avez pu interrompre, fut introduit dans la chambre de madame de Rémond ; qui, elle aussi, était en proie à un sommeil que nul bruit, nul accident ne pouvait faire cesser. Le lendemain, pendant que vous cherchiez votre fils dans les profondeurs du parc, M. de Melta, Mlle Dorothée et Mme Mercedin, apparemment mieux instruits, épiaient sa sortie à la porte de Mme de Rémond ; le lendemain Lucie était déshonorée ! déshonorée sans ressource ! perdue sans refuge ! le lendemain sa honte était rendue publique ! Non seulement Mme de Mercedin — cette méchante femme pour qui rien n'est sacré — avait assisté au scandale, mais encore les domestiques du château, — ces gens qui, comme l'a fort bien dit M. de Melta, quand on les achète, *gardent l'or et ne gardent pas les secrets,* — les domestiques avaient appris l'aventure ; par les soins de qui? je n'ose le dire ! Ainsi l'avenir de Mme de Rémond se trouvait à tout jamais perdu... car il n'entrait pas dans les probabilités humaines (pardonnezmoi encore, madame, ce que mes paroles vont avoir de pénible et de blessant pour vous), il n'entrait pas dans les probabilités humaines qu'un mariage, la seule réparation possible pour un pareil scandale, pût avoir lieu entre votre fils et Lucie... M. de Naré est dans ce monde... un homme à part... exceptionnel... (je n'osai prononcer cet horrible mot, *idiot*). Or, il était noble, il était généreux à M. de Melta, n'est-ce pas, d'oublier ce qui s'était passé, de pardonner une faute vraiment irréparable, de protéger de son nom la jeune femme coupable et à tout jamais honnie...

Mme de Naré fit un mouvement prononcé de dénégation.

— Ce soir même, ajoutai-je, M. de Melta a daigné offrir à Lucie de l'épouser.

Madame de Naré joignit les mains et leva les yeux au ciel.

— Cependant, repris-je, Mme de Rémond s'est effrayée de ce dévoue-

ment qui doit constituer à M. de Melta, quarante mille livres de rente :
A tort ou à raison, cet homme lui fait peur. Déshonorée, perdue, elle croit
qu'un tel mariage lui ferait acheter trop cher cette réputation d'honneur
qui est pourtant pour elle le bien le plus cher en ce monde. Enfin, madame, elle préfère, en épousant M. de Naré, être pour cette intelligence simple et bonne et qu'un malheur a dévastée, être, dis-je, avec vous une seconde mère, que de devenir la femme de M. de Melta !

— Ce que vous me proposez est impossible, me répondit Mme de Naré,
d'une voix altérée ; Justin est marié.

— Marié, m'écriai-je avec un accent terrible de douleur, et je re-
tombai anéantie dans le fauteuil d'où m'avaient soulevée les transes mortelles qu'avait éveillées en moi ce mot *impossible*.

En ce moment un léger bruit se fit entendre à la porte ; Mme de Naré
se leva toute chancelante et le visage frappé d'inquiétude. Elle demanda :
—Qui est là. — C'est moi, répondit la voix douce et harmonieuse de Justin. J'étais allé me promener sur la route, et je viens vous dire bonsoir.

Mme de Naré ouvrit, et Justin entra.

Il me sembla voir sa mère lui lancer un de ces regards impérieux que
j'avais déjà surprisà la soirée de Mlle Dorothée, sans en comprendre alors
le sens, et pour la seconde fois, je remarquai sur le visage de Mme de
Naré une expression toute singulière, mêlée d'hésitation et d'effroi.

— Je vous disais donc, madame, répéta-t-elle, que Justin est marié.

M. de Naré vint près de moi, s'accouda familièrement ; et avec grâce,
sur le dos de mon fauteuil, comme s'il eût été dans le monde, et me dit
d'une voix gracieuse :

— Comment va Mme de Rémond ?

— Elle est souffrante, lui répondis-je.

Son visage prit comme une teinte de tristesse, et sans ajouter un mot,
il alla s'asseoir à quelques pas de moi, précisément dans l'angle de lumière, que coupait faiblement dans l'ombre la maigre chandelle qui nous
éclairait. Je pus donc examiner à mon aise cet homme étrange, et vrai -
ment je me pris à douter d'abord qu'en réalité l'intelligence fût engourdie
en lui. Je me rendis compte seulement alors de l'erreur prolongée de Lucie ; sans doute, il y avait dans sa figure quelque chose de bizarre, d'extraordinaire ; mais ce n'était pas l'idiotisme, tant s'en faut ; c'eût été plutôt le génie avec sa bonhomie enfantine et sa fine rusticité. La lumière
frappait en plein son front heureusement développé, assez haut pour que
la pensée ne s'y tînt pas accroupie ; les cils noirs très longs et recourbés à
l'extrémité, projetaient sur ses yeux une ligne d'ombre toute déliée qui
leur donnait un air de malice et de mystère ; des moustaches noires et
une mouche grêle et fine achevaient de donner à son visage une expression assez sardonique, et je compris que quelques mots dénués de sens
échappés à cet homme, pouvaient être considérés comme des marques
d'inattention d'une intelligence repliée sur elle-même et plongée dans une
continuelle méditation. J'ai vu quelquefois de près plusieurs de nos grands
poètes ; ils ressemblaient à Justin.

Cet examen fut fait en deux secondes, et j'avoue que, malgré les détails
circonstanciés de M. de Belgy, l'aveu même d'une mère, il me resta un
doute dans l'âme. Jugez si Lucie avait pu s'y méprendre ; elle qui n'était
pas prévenue, elle dont le cœur,—cet aveugle crédule,—ne voulait qu'ê-
tre trompé.

— Marié, répétai-je, mais comment ?... si jeune encore... et c'est la
première fois que j'entends parler.

— Oh ! s'empressa de répondre Mme de Naré, ce mariage se fit au sortir du collége... des convenances de famille... vous comprenez... M. de
Melta reçut une simple lettre de faire part...

— Ah ! il connaissait ce mariage!..

— Puis, comme il arrive si souvent... des incompatibilités de caractère... et d'autres circonstances trop longues à expliquer... rendirent ce mariage malheureux... On convint d'une séparation à l'amiable... sans scandale...

Et ces mots dits d'une façon entrecoupée étaient accompagnés de ces regards à Justin, qui me semblaient à moi des injonctions muettes.

Quant à M. de Naré, on eût dit qu'il n'était pas question de lui; il jouait avec le cordon de son lorgnon.

En ce moment nous entendîmes du côté du cabinet comme un sourd gémissement... puis un bruit de pas, et Lucie toute défaillante encore, toute pâle, parut à la porte...

M. de Naré poussa un cri, se leva à demi avec une sorte d'effarement, puis se précipita vers Lucie en s'écriant avec un accent dont rien ne saurait rendre la fougue, le triomphe, l'extase... « Madame de Rémond! »

Cette exclamation de bonheur et de joie parut rendre un instant Lucie à elle-même; elle leva vers M. de Naré un regard humide de larmes et tout à la fois rayonnant d'amour, puis je ne sais quelle pensée traversa son esprit... Son visage se couvrit d'une vive rougeur... elle sembla de sa main vouloir éloigner Justin, et elle se réfugia toute tremblante, tout éperdue, dans mes bras.

— Justin, laissez-nous, dit Mme de Naré, d'une voix ferme et impérative.

Mais il semblait s'être fait une révolution dans l'esprit de M. de Naré. Pour la première fois peut-être il n'obéit pas à la voix de sa mère; pour la première fois, ce regard qui d'ordinaire le maîtrisait, parut avoir perdu tout empire sur lui. Ses yeux avaient quelque chose d'égaré... il semblait pris de vertige... Sa bouche balbutiait... Il demeura.

— C'est à nous de vous quitter, dis-je à Mme de Naré... Un plus long entretien serait inutile... Je crains seulement que Lucie n'ait pas la force de retourner au château...

— A cette heure! s'écria M. de Naré. Retourner au château! mais comment êtes-vous venues ici? Il fait tout à fait nuit. Nous allons y retourner tous ensemble au château, par le clair de lune, n'est-ce pas, ma mère? Ce sera charmant.

— Non, Justin, nous restons ici...

— Pourquoi donc? on est mal ici. C'est triste, et horriblement meublé! moi j'aime mieux retourner au château!... avec vous, ajouta-t-il en s'adressant à Lucie, et ce mot fut dit d'une façon touchante...

Lucie, qui avait repris tout son calme, et aussi sa tristesse douce et résignée, m'interrogeait du regard...

— Il faut partir, lui dis-je en secouant la tête.

Mme de Rémond supporta plus courageusement que je ne l'aurais cru, le coup que lui portèrent ces paroles; elle tendit la main à Mme de Naré avec un sourire angélique, et lui dit :

— Je vous comprends, madame, et je vous pardonne. Vous êtes une mère jalouse. Moi, le sacrifice de mon bonheur est déjà fait.

Mme de Naré ne put retenir ses larmes; il se passa en elle comme une lutte intérieure, lutte terrible... sa bouche s'ouvrit... mais la parole s'arrêta sur ses lèvres... Un frémissement courut par tous ses membres et elle joignit les mains en s'écriant : —Oh! mon Dieu!

Pendant ce temps, Justin s'approcha de moi d'un air de confidence et me dit assez haut pour que sa mère l'entendît :

— Ah ça! n'allez pas croire que je suis marié; c'est ma mère qui dit cela.

Ce fut un coup de foudre. Mme de Naré devint pâle comme la mort, et s'écria d'un voix étouffée : — Justin! Justin!

— Ah! madame, vous m'avez trompée, lui dis-je, avec un accent douloureux.

— Pardonnez... oh! pardonnez à une pauvre mère... qui n'a que son fils au monde... et qui tremble pour lui !...

— Que voulez-vous dire ?... Et qu'y a-t-il à craindre !...

— M. de Melta...

— Achevez...

— M. de Melta m'a dit qu'il le tuerait !

Justin se remit à jouer avec son lorgnon.

— Expliquez-vous !

— Il le ferait comme il le dit! mon fils! mon Justin! et elle s'approcha de lui et le serra dans ses bras avec une sorte d'épouvante. Non ce mariage ne peut se faire. M. de Melta me l'a défendu. C'est lui qui a voulu que je dise que Justin est marié!... qu'il est séparé de sa femme! Oh! c'est un homme terrible!... Il m'a menacée de provoquer Justin en duel! Moi, je vous dis que je n'ai que lui! que je veux le garder! Puis il m'a bien fait comprendre que Justin marié serait malheureux; qu'il ne peut se séparer de sa mère !... qu'il ne vit que par moi!... et puis il le ferait assassiner !...

— Oh! ce M. de Melta est un homme infâme, s'écria Lucie avec l'accent du désespoir. Elle fondit en larmes.

Tout à coup M. de Naré devint sérieux; il s'approcha de Lucie et lui dit à demi-voix :

— Moi aussi, je le hais ce M. de Melta.

— Vous, Justin, lui dis-je, et pourquoi ?

— Parce que c'est lui qui a poussé la barque et qui a fait tomber Mme de Rémond dans le fleuve.

— Justin, ne dites pas de ces folies. Taisez-vous, s'écria la mère.

— Oh! je l'ai bien vu... et je le lui ai dit... C'était un soir, au fond du parc.... nous étions seuls.... Il s'est mis à rire et il a voulu s'éloigner en m'appelant fou! Alors je l'ai frappé au visage, et il s'est mis à trembler de tous ses membres... Il voulait se défendre... mais je suis plus fort que lui...

Nous restions muettes de satisfaction et d'admiration à la fois...

— Je vois encore le coup de rame qu'il a donné... voyez-vous ? dit-il à voix basse à Lucie, — (mais nous ne perdions pas un mot), — il a fait cela avec la rame; — il imitait le mouvement, — et vous êtes tombée !

— Depuis ce soir, ajouta-t-il, — il n'ose plus me regarder en face.

— Vous voyez, madame, dis-je à Mme de Naré, que M. de Melta est un lâche et que votre fils n'a rien à craindre...

— Mais les lâches ont pour eux la trahison!... M. de Melta est capable de tout! s'écriait cette pauvre mère partagée entre l'orgueil, la joie et un reste de crainte...

Lucie dit à M. de Naré : — Justin, donnez-moi le bras..... vous nous reconduirez au château... car il est tard et j'ai peur la nuit. Ne venez-vous pas avec nous, madame? ajouta-t-elle en se retournant vers Mme de Naré, — avec un charmant sourire.

— Oui, Lucie... mais, hélas! que serai-je moi! si vous prenez toute la place dans son cœur...

— Est-ce que j'ai une mère! s'écria Mme de Rémond avec effusion.

— Mais M. de Melta!

— Oh! vous ne me connaissez pas encore, dit Lucie avec résolution. Venez, madame, venez, ma mère... C'est Mme de Rémond, à qui La Gardière appartient, qui cette fois vous invite à y venir... un peu tard, c'est vrai, ajouta-t-elle malicieusement en regardant le ciel ; — mais cette fois vous n'en partirez plus. Et le regard de Lucie avait une autorité que je ne lui avais jamais connue; son teint avait repris toute son animation; sa voix était fermement accentuée, et son corps, un instant auparavant tout affaissé sur lui-même, avait repris toute sa vigueur et toute sa souplesse.

Moi qui savais que l'énergie et la force des cœurs honnêtes n'ont jamais suffi contre la perfidie des méchans, je ne partageais pas l'assurance de Lucie, et je craignais que cette volonté toute fébrile ne se brisât bientôt contre les odieuses machinations de M. de Melta et de Mme Mercedin. Comment cette jeune et frêle femme, qui n'avait pu jusqu'alors soutenir seulement le regard de cet homme dangereux, allait-elle lui arracher tout à coup, et presque de vive force, une autorité si long-temps abandonnée!

— Mais, dit Mme de Naré, restez ici jusqu'à ce que le jour soit venu.

— Non... je rentre chez moi... et à l'heure qu'il me plaît.

Mme de Naré parut hésiter un instant. C'était, sans contredit, une proposition étrange pour elle, que celle de rentrer au château à cette heure, —un misérable coucou, qui se démenait dans un coin du salon, marquait onze heures vingt minutes; nous ne pouvions pas espérer être à La Gardière avant minuit. D'un autre côté, Lucie se montrait résolue à partir, et la laisser aller seule avec moi eût été cruel..... Si à dix heures nous avions éprouvé des terreurs mortelles, à coup sûr à minuit nous serions tombées mortes en chemin, au premier frissonnement que le vent aurait fait glisser dans les herbes.... Soit par un sentiment de commisération pour nous, tremblantes aventurières, soit qu'elle eût été rassurée par l'air de résolution de Mme de Rémond, Mme de Naré se décida à nous suivre.

Je vous laisse à penser la stupéfaction de l'hôtesse quand cette dame lui annonça qu'elle partait pour ne pas revenir de la nuit, et que le lendemain elle ferait enlever ses malles et ses cartons. Une conduite aussi inusitée était bien faite pour plonger le trouble dans l'imagination d'une brave aubergiste de Normandie, toute coiffée de son bonnet de coton et tiraillée entre l'étonnement qui lui faisait ouvrir tout grands ses yeux et le sommeil qui ne demandait pas mieux que de les lui fermer. Aussi nous ne pûmes nous empêcher de rire de l'air profondément soupçonneux et gravement effrayé avec lequel cette digne femme nous examina, et lorsque nous eûmes quitté son auberge, il y a tout lieu de croire qu'elle respira plus à l'aise et se trouva soulagée d'un grand poids.

Notre voyage eût été délicieux, sans l'anxiété cruelle qui nous attendait au but, et projetait sur nous une ombre bien plus lugubre et bien plus froide que celle de la nuit, l'ombre du doute. M. de Naré, lui, était joyeux comme un enfant; il allait et venait, regardait, d'un air curieux, dans l'intérieur sombre des masures, chantait avec toutes sortes de fioritures les cavatines favorites de Lucie; et chemin faisant, il cueillit un énorme bouquet de fleurs des prés qu'il offrit à Mme de Rémond avec ce sérieux naïf que les amans mettent aux gracieuses futilités de la passion.

Je me dis que, si l'âme était presque éteinte chez cet homme, le cœur avait conservé toute sa force, toute sa plénitude, toutes ses facultés aimantes.

Au lieu de faire un détour pour rentrer à La Gardière par le jardin potager dont la porte était restée entr'ouverte, s'il vous en souvient, nous prîmes l'avenue et nous arrivâmes à la grille du château.

La bougie que nous avions laissée allumée chez Lucie s'était éteinte ou avait été enlevée, car les fenêtres de sa chambre étaient sombres. En revanche, je crus voir percer une faible lueur à travers les rideaux épais du salon. Tous ces indices me donnèrent à penser que notre excursion avait été découverte, et je reconnus avec terreur que le danger que je croyais remis au lendemain, était immédiat et nous attendait.

Mme de Rémond sonna. Ce n'était pas, notez-le bien, une sonnette qui annonçait les gens à l'entrée du château, mais une véritable cloche digne de figurer dans les clochers les plus ambitieux. Après environ cinq minutes d'attente, le jardinier vint, clopin, clopant, à demi vêtu, et demanda d'un ton alarmé : — Qui est là.

— C'est moi, Pierre; ne me vois-tu pas? s'écria Mme de Rémond en riant.

A cette voix le brave homme resta pétrifié et grommela quelques mots qui pouvaient bien être un exorcisme.—Enfin il se décida à ouvrir.

Tout ce bruit, tous ces pourparlers m'effrayaient, et jusqu'au craquement du sable sous nos pas, augmentait mes alarmes en trahissant notre marche.

Nous montâmes les degrés du perron, et quand nous fûmes dans l'antichambre, la porte du salon s'ouvrit et M. de Melta parut.

—Ah! c'est vous, monsieur, lui dit Lucie, sans trahir le plus léger tremblement. Vous aviez invité M. et Mme de Naré sans m'en prévenir, et vous les aviez éconduits sans me demander mon assentiment. Cette fois, c'est moi qui les invite et ce sera moi qui les retiendrai.

—Mon Dieu! Lucie, vous serez donc toujours romanesque. Voici deux heures que je suis dans des transes mortelles... J'ai entendu du bruit dans le château... je suis monté chez vous et vous ai en vain appelée.... nous vous avons cherchée dans le parc... dans le jardin potager... là nous avons vu une porte ouverte... M'était-il possible de deviner que vous alliez à Verneuil... Les pensées les plus cruelles me traversaient l'esprit.... Entrez donc au salon; j'ai fait allumer un bon feu, car vous devez être toute transie de l'humidité de la nuit. Et vous, madame, ajouta-t-il en s'adressant à moi d'un air paternel, donner les mains à une pareille folie! Ah! Lucie, que ne m'ouvriez-vous votre cœur; que n'avez-vous eu plus de confiance en moi! Aller courir les champs à cette heure! Oh! vous ne savez pas encore ce que c'est, pour ceux qui aiment, que l'attente et l'inquiétude!

Lucie parut toute troublée par ce ton de bienveillance et de bonté; elle s'était armée pour la lutte; mais quelle arme employer contre la douceur et des reproches si tendres! Elle s'était résolue à faire acte d'autorité, à déclarer une fois pour toutes qu'elle était maîtresse chez elle, maîtresse absolue, et que ceux qui trouvaient à reprendre dans ses actions, n'avaient qu'à s'en épargner la vue et la douleur en quittant La Gardière, pour n'y jamais revenir. Mais quoi! personne ne songeait à lui ravir ce pouvoir dont elle était jalouse; une amitié discrète et dévouée se bornait à regretter d'avoir été oubliée, méconnue. Il n'y avait pas là sujet aux amères récriminations, aux explications décisives. Elle avait compté que l'orage se déclarerait terrible, plein d'éclairs et de foudres, et que sa vie redeviendrait, après ce moment de trouble et de tempêtes, calme, rayonnante, sereine; mais les nuages qui planaient silencieusement sur sa tête, sinistres et lourds, passaient sans éclater, et les esprits restaient plongés dans cet horrible abattement qui précède les grandes secousses.

Cependant Lucie, bien que grelottante de froid, refusa d'entrer au salon et chacun monta chez soi.

Notre hardie résolution prenait donc toutes les allures d'une escapade folle, et Lucie me dit avec un profond effroi quand nous fûmes seules:

— Mais ne pourrai-je donc jamais chasser cet homme!

Le lendemain les choses avaient repris leur cours habituel; si nous témoignions à M. de Melta une froideur affectée, il ne paraissait pas s'en apercevoir; si nous avions avec Mme de Naré de longs entretiens, sur les moyens d'assurer le mariage de Lucie et de Justin, il ne s'en inquiétait nullement; il reprit ses chasses du matin et ses pêches du soir; il rentra dans sa bonhomie et son air rustique; moralement parlant, il fit le mort, et nous nous demandions avec une invincible terreur quels projets sinistres couvaient sous cette imperturbable immobilité.

Cependant Lucie conserva une réserve, une raideur vis-à-vis de M. de Melta, de Mme de Mercedin et même de l'inoffensive mademoiselle Dorothée qui jamais ne s'adoucissait, et dont M. de Melta surtout me parut maintes fois secrètement alarmé.

Trois semaines se passèrent ainsi, trois semaines de drame intime, et si subtil qu'il échappe à l'analyse, trois semaines de calme plat en apparence,

mais au fond de luttes sourdes, de petites irritations dont rien ne se fût
trahi pour un observateur désintéressé, symptômes légers et fugitifs, que
je ne puis mieux comparer qu'à ces frissonnemens légers de l'eau qui
semblent de scintillans caprices et qui pourtant cachent un gouffre.

Au bout de ces trois semaines, un dimanche matin, nous étions assises, Lucie, Mme de Naré et moi, dans un petit salon de travail qui se
trouvait à l'une des ailes du château et avait vue sur l'avenue. Un store
baissé aux deux tiers nous protégeait contre les rayons du soleil levant,
et tout en nous laissant une échappée furtive sur la campagne, nous dé-
robait pourtant aux yeux. Nous vîmes venir du fond de l'avenue Mlle Dorothée en toilette exorbitante et qui, selon toute apparence, avait été entendre la messe basse à la petite église de Verneuil. Elle avait conservé
cette habitude qui lui offrait périodiquement une de ces occasions de parures si rares à la campagne. Mlle Dorothée avait dans sa démarche quelque chose de brusque et d'inusité, et elle avait dû revenir d'un pas très
rapide, car sa figure était cramoisie, et brillait au milieu de sa robe de
soie jaunâtre et de son chapeau de paille, comme un coquelicot dans un
champ de blé.

Ce fut une remarque plaisante de Justin qui, — nous l'avions déjà reconnu, — trouvait, pour ce qui frappait ses yeux, des images que j'appel-
lerai *matérielles*, parfois assez heureuses. Cela pouvait passer pour de
l'esprit.

Nous ne savions ce qui bouleversait ainsi Mlle Dorothée, et nous ne pûmes nous empêcher de rire de son air extravagant.

Le dimanche matin, le curé de Verneuil avait dû publier les premiers
bans du mariage de Mme de Rémond et de M. de Naré.

Aux deux tiers de l'avenue, M. de Melta, en costume de chasse et un
fusil sur l'épaule, déboucha d'un petit sentier qui aboutissait à l'avenue
et se trouva juste devant la figure rouge et effarée de Mlle Dorothée.

Nous étions trop éloignés, et le frère et la sœur parlaient à voix trop
basse, pour que nous pussions saisir un mot de leur entretien, mais voici
ce qui se passa. D'abord pantomime de Mlle Dorothée qui signifiait,
à ne pas si méprendre, une grande nouvelle, une nouvelle inattendue,
inouïe, effrayante!

Cette nouvelle, M. de Melta parut la recevoir avec beaucoup de calme;
je crois même qu'il sourit légèrement.

Sur ce, autre pantomime de Mlle Dorothée, qui cette fois jouait l'indignation, la colère, la suffocation.

M. de Melta conserva son sang-froid et s'en revint pas à pas vers le
château, en écoutant négligemment les récits de Mlle Dorothée et en cou-
pant çà et là les jeunes pousses des buissons.

Sous nos fenêtres, le digne couple s'arrêta quelques instans encore, et
nous entendîmes ces mots prononcés par M. de Melta:

« Tu es folle! sois donc tranquille. »

Une demi-heure après, M. de Melta redescendit l'avenue en cabriolet.
Selon toutes probabilités, il avait quitté ses habits de chasseur. Du reste,
nous ne pûmes le voir, puisque la voiture nous tournait le dos.

Le lendemain, dans la matinée, Mme de Rémond, M. et Mme de Naré
reçurent du président du tribunal de première instance de ***, assignation
pour comparaître à quinze jours de là devant un conseil de famille, formé
à la requête de M. de Melta, qui faisait opposition au mariage de sa nièce
et demandait l'interdiction de M. de Naré, pour cause de démence.

Ce fut pour nous un coup de foudre; — l'orage depuis long-temps
amassé sur nos têtes éclatait tout à coup... M. de Melta couché comme un
tigre dans un calme apparent, se redressait... Nous étions perdues!
nous autres, pauvres femmes, sans conseil, sans appui, ignorantes des
lois et qui luttions seulement avec notre tête et notre cœur contre tant de
perfidie, comment aurions-nous connu, mon Dieu! cet article du Code ci-

vil qui donnait à M. de Melta des armes si puissantes ! Ainsi le déshonneur qui poursuivait Lucie, et qu'elle avait voulu fuir la tenait plus que jamais étouffée dans ses bras, un déshonneur sans excuse, sans pardon, un déshonneur ridicule. Il est de ces passions que font pardonner le génie, la grandeur de celui qui les inspire, mais celle-ci... grand Dieu !

L'état de Mme de Naré surtout était affreux. Voir son fils accusé de démence. Voir ce mensonge sublime de toute sa vie et de tous ses instans, révélé à tous ignominieusement ! La malheureuse mère pliait sous cette pensée, et se lamentait tout le jour.

Ainsi, M. de Melta nous avait entourées dans un cercle de calomnies qui allait toujours se rétrécissant sur nous. Chaque effort que nous tentions pour en sortir, ne rencontrait que rochers à pic, qu'infranchissables aspérités. D'abord ç'avait été, à notre horizon, comme de vagues pressentimens, comme d'indécises montagnes qui se seraient soulevées. Puis ces montagnes s'étaient rapprochées de nous, avaient réuni leurs effrayans sommets, avaient dévoré pour nous l'air et le ciel : nous étions au fond d'un sombre abîme.

Mme de Rémond avait pourtant conservé tout son calme, mais ces horribles anxiétés exerçaient en elle des ravages intérieurs, qui se révélaient à la rougeur fiévreuse des pommes des joues, à l'éclat maladif du regard. Vers trois heures, elle commanda au domestique d'aller atteler la berline de voyage et de la tenir prête dans la cour du château. A quatre heures et demie on dîna. Ce fut un de ces dîners silencieux, où les visages volontairement rapprochés et impassibles contiennent à peine des pensées ennemies qui se repoussent, où les regards s'évitent avec soin, et, quand, par hasard ils se rencontrent, se heurtent comme des flèches dans l'air. On n'entendait que le bruit lent et peu actif du service, le frémissement que la brise produisait dans les rideaux et les piaffemens des chevaux qui s'impatientaient dans la cour.

Quand le dîner fut terminé et que le domestique se fut retiré pour ne plus revenir, Lucie se leva, et dit à M. de Melta :

—Vous comprenez, monsieur, que désormais nous ne pouvons plus vivre sous le même toit. Vous êtes l'accusateur et je suis l'accusée... aux yeux du monde. Entre nous, vous êtes le coupable et je suis la victime. J'ai fait atteler une voiture qui vous attend ; elle vous conduira avec Mlle Dorothée et madame (elle désignait Mme Mercedin) où vous voudrez, sans doute à la ville prochaine, car ma perte n'est pas consommée, et vous ne pouvez encore retourner à Paris. Il faut que vous assistiez au conseil de famille, dont vous avez provoqué la réunion. Il est cinq heures... je pense que trois heures vous suffiront pour les préparatifs du départ. A huit heures donc la voiture partira...

M. de Melta devint d'une pâleur livide ; sa bouche se contracta sous un horrible sourire. Son regard,—si un regard pouvait tuer,—eût foudroyé Lucie, et il s'écria d'une voix tremblante de fureur :

— Vous ne savez pas ce que vous faites... madame ; madame, prenez garde à vous... prenez garde !!...

Je ne saurais rendre tout ce qu'il y avait de sinistre dans cette menace ; c'était la première fois que M. de Melta jetait son masque d'hypocrite bonhomie ; son visage, ordinairement détendu, s'était resserré pour ainsi dire, s'était accentué de haine et de colère. Il fit un geste impérieux à Mlle Dorothée et à Mme Mercedin, et tous trois s'éloignèrent, et nous nous retirâmes chez Mme de Rémond.

A huit heures précises, la berline descendit l'avenue et se croisa avec un jeune avocat que nous avions fait appeler et à qui nous exposâmes dans toute sa vérité notre difficile position. Il secoua tristement la tête, et cependant nous promit, mais bien faiblement, de nous être utile.

Le soir, nous trouvâmes au salon, dans la boîte à ouvrage de Mme de

Rémond, un petit billet simplement plié et qui ne contenait que ces mots de l'écriture de Mlle Dorothée.

— Renvoie tous tes gens et surtout ta femme de chambre.

Pauvre Dorothée ! elle était bonne au fond, mais sans force, sans courage. Ce simple et terrible avis nous toucha jusqu'aux larmes.

Il nous restait quatorze jours jusqu'au conseil de famille. Ce conseil devait être composé,—comme nous l'apprit notre avocat,—de Mlle Dorothée et de trois cousins éloignés , appelés sur les lieux pour en faire partie. M. de Melta, ayant provoqué l'interdiction , ne pouvait être admis comme membre du conseil. A ces parens, il était probable que le président adjoindrait, pour arriver au nombre exigé par la loi , deux des propriétaires voisins de La Gardière.

Comme Mme de Naré et moi nous restions brisées sous une douleur muette, inerte, abrutie, la pensée étant pour ainsi dire morte en nous, Lucie d'un ton calme et résigné nous reprocha cet abattement, nous dit qu'elle se sentait encore de force à lutter contre M. de Melta ; que son projet était bizarre, hasardeux, mais qu'elle mettait tout son espoir en Dieu et en sa mère qui au ciel devait prier pour elle. Puis elle manda au salon tous les domestiques du château et leur dit :

—Bien que ce soit M. de Melta qui vous ait tous engagés à mon service, et que mon oncle quitte aujourd'hui le château pour n'y plus revenir, sans m'inquiéter s'il en est qui, parmi vous, soient plus dévoués à cet homme qu'à moi, qui ai toujours été pour vous bonne et généreuse , et malgré les soupçons qu'on a cherché à faire naître en mon esprit contre votre fidélité et votre dévoûment, je vous garde tous. Vous saurez qu'à partir d'aujourd'hui je suis seule maîtresse ici. Les gages de chacun de vous sont, dès ce jour, augmentés de deux cents francs. »

L'allocution, quelque courte qu'elle fût , n'en produisit pas moins un merveilleux effet, et la femme de chambre de Lucie, celle dont elle avait le plus à se plaindre, vint les larmes aux yeux et d'un air câlin lui baiser la main.

A compter de ce moment , nous ne vîmes presque plus Lucie; tous les matins elle s'enfermait dans sa chambre, pendant des heures entières avec M. de Naré ; puis tous deux faisaient de longues promenades, dans les allées les plus reculées du parc.

— Mais enfin, dis-je un jour à Lucie, qu'espères-tu, et que veulent dire ces éternelles conférences avec M. de Naré ? Il ne voit presque plus sa mère et devient plus taciturne que jamais.

— Ma belle, me répondit Lucie avec enjouement, rassure à cet égard madame de Naré. Il faut que Justin et moi nous nous présentions devant le tribunal avec *intelligence à deux*. Si vous étiez dans la confidence de mon secret, à tout instant je serais obligée de vous rendre compte de mes efforts... de mes espérances. Non, je veux le gouverner sans contrôle, d'une façon absolue... Je n'ai pas le temps d'être *constitutionnelle*; — vous formez à toutes deux, elle, mère de Justin, et toi, mon amie, une chambre des pairs et une chambre des députés... Et j'avise à me passer des chambres. Adieu... M. de Naré m'attend... je ne puis t'en dire davantage. Et elle se sauva.

Quelques jours avant la convocation du conseil, nous eûmes la visite de M. de Belgy, appelé, par M. de Melta, comme témoin contre Justin. Ce jeune homme eut plusieurs entrevues avec Lucie.

Nous apprîmes par un domestique dévoué, que la femme de chambre s'était souvent absentée du château , et qu'il y avait tout lieu de croire qu'elle avait conservé des relations avec M. Melta. Je crus devoir en avertir Lucie qui sourit de ce qu'elle appelait *mes folles appréhensions*.

Alors je me rappelai involontairement ce mot de M. de Melta : « *Vous serez donc toujours romanesque*, » et je me demandai si en effet Lucie n'était pas de ces femmes qui vivent exclusivement dans le monde de l'imagination, tout peuplé d'illusions et de féeries, où, dans une brume poétique, tout se transforme et prend des aspects grandioses et des contours exagérés, mensongers, et je me disais : Qu'adviendra-t-il quand le soleil de la réalité dissipera ces chimères, ces vains rêves ?

Le jour fatal arriva enfin. C'était un mercredi. Une carriole tout attelée nous attendait à l'entrée de l'avenue. Nous nous réunîmes dans la salle à manger où le déjeûner était servi. Permettez-moi d'entrer ici dans des détails en apparence futiles, mais en réalité très graves. Nous prenions tous du café; à madame de Rémond seule, dont la santé était quelque peu débile, on servait d'ordinaire un bouillon.

Les choses se passèrent comme d'habitude; un domestique apporta sur un plateau d'argent le déjeûner de madame de Rémond.

— Faites venir Rose, dit Lucie.

Rose, — c'était la femme de chambre, — entra bientôt le visage pâle, décomposé, violet par place.

— Vous paraissez bien souffrante, Rose, dit madame de Rémond ; moi je ne déjeûnerai pas... Tenez, asseyez-vous là... prenez ce bouillon.

— Oh ! madame, répondit cette fille en balbutiant, — je ne saurais...

— Et pourquoi cela...

— Je ne me sens pas bien... je...

— Alors, pourquoi avez-vous fait enlever hier au soir votre malle du château ; — ceci semblerait annoncer l'intention de me quitter aujourd'hui... Et vous êtes si malade!...

— Madame se trompe... assurément...

— Alors, prenez ce potage... je vous l'ordonne...

— Puisque madame l'exige... La servante prit le plateau et se disposa à se retirer...

— Non, je veux que vous restiez ici... que vous le preniez là, devant moi...

— Mais cela m'est impossible... madame...

— Alors, jetez-le donc par cette fenêtre, pour que personne ici ne puisse s'empoisonner...

La femme de chambre tomba à moitié morte d'effroi dans un fauteuil.

Madame de Rémond prit le bol, le jeta dans la cour et dit à la servante :

— Sortez... que jamais je ne vous revoie. Il ne me convient pas, en vous livrant à la justice, d'accuser ceux qui vous ont fait agir. Sortez!

Comment vous dire la profonde impression de terreur dont nous saisit cette scène si inattendue, si terrible, où Lucie montrait tant de sang-froid, tant de générosité... Aucune faiblesse ne se trahissait en elle; ses lèvres, pâles seulement, étaient agitées d'un tremblement convulsif... Son regard était noir et brûlant, et sa main petite et blanche se crispait, et se tordait sur la mousseline de sa robe.

Quand la femme de chambre se fut éloignée, madame de Rémond s'assit un instant et passa douloureusement sa main sur son front...

Puis elle se leva forte et résolue, et, prenant le bras de M. de Naré, elle nous dit : Partons!

Le président du tribunal de première instance de *** était un vieillard déjà caduc. — L'âge avait déformé et comme noyé sous les rides toute la partie inférieure de son visage, mais son regard vif et perçant, son front taillé avec fermeté avaient conservé l'énergie et la jeunesse, et s'élevait sur les débris de la sénilité, comme le haut d'un fort navire à demi submergé.

Nous trouvâmes réunis chez lui M. de Melta, madame Marcedin, mademoiselle Dorothée, M. de Belgy, un autre jeune homme que nous connaissions un peu pour l'avoir vu quelquefois dans le monde, les trois cousins, que nous ne connaissions guère, les deux voisins, que nous ne connaissions pas.

Le cabinet où le président nous reçut était son cabinet d'étude, tout bourré de livres pesans, et illustré çà et là de quelques bustes fort *magistrals*, peut-être, mais des plus laids.—Nous étions placés de telle sorte que M. de Naré se trouvait presque en face de madame de Rémond.

A peine étions-nous assis que la porte s'ouvrit de nouveau, et que nous vîmes entrer, avec une stupéfaction profonde, Rose, la femme de chambre que madame de Rémond avait chassée le matin. C'était un témoin à charge.

Le président commença par formuler la cause de la convocation du conseil de famille. Comme nous le savions, M. de Melta demandait l'interdiction de Justin de Néré pour cause d'idiotisme.

—C'est, dit M. de Naré en riant, une demande fort étrange. Eh! mon Dieu! qui est sûr de sa raison ici-bas? M. de Melta lui-même, a, dans sa vie commis bien des actes de folie... mais on n'a pas demandé pour lui l'interdiction... La justice s'est contentée de requérir la prison...

— Que voulez-vous dire, monsieur, demanda le juge d'un air sévère...

— M. de Melta a été condamné à la Guadeloupe à six mois d'emprisonnement...

— Je pense, s'écria M. de Melta, évidemment troublé, que M. le président ne verra dans ces sottes calomnies qu'une preuve de plus du dérangement d'esprit de M. de Naré.

— Nous verrons, répondit Justin.

Le président continua et déclara que M. de Melta réclamait également l'interdiction de Lucie, née de Melta, veuve de Rémond, à laquelle il attribuait plusieurs faits de folie.

A ces mots, Justin se leva d'un air égaré, balbutia quelques mots, puis se rassit tout-à-coup, je ne sus pourquoi, se remit à sourire, et son regard redevint calme et reprit son rayonnement plein de finesse.

—Cette demande, dit madame de Rémond sans se troubler le moins du monde, n'est pas moins ridicule que la première. Je n'ai fait qu'une folie dans ma vie, si j'ai bonne mémoire, et tout à l'heure je la révélerai.

Le président procéda à une sorte d'interrogatoire de Justin. Il lui demanda son âge, ses nom et prénoms, et quelques détails sur les circonstances de sa jeunesse.

A toutes ces questions, M. de Naré répondit avec netteté, simplicité, élégance. Il raconta sa vie si peu féconde en événemens, et se servit de termes choisis, mesurés, sans prétention, sans trivialité.

Le président lui demanda quelques détails sur ses voyages, et commit, sans affectation, des erreurs monstrueuses de pays et de faits.

Justin se contenta de sourire et de dire que le piége qu'on lui tendait lui paraissait trop mal déguisé.

Pourtant, plus crédule alors, je l'avais entendu soutenir un jour qu'il existe des navires entièrement faits en amiante, ce qui les assurait naturellement contre l'incendie. Des aspirans s'étaient amusés à lui faire croire cette sottise, qu'il avait acceptée avec une entière bonne foi, et qu'il éditait à ses frais sans y trouver malice.

M. de Naré avait gagné bien de la finesse en quinze jours.

En un mot, tout ce qu'il dit fut parfaitement sensé. Ses réponses étaient brèves et claires; on devinait, à l'entendre, un homme qui dédaigne les sottes accusations dirigées contre lui, qui prend la parole parce qu'on l'interroge, et qui, craignant d'avoir l'air de se défendre, ne cherche pas à faire briller les facettes de son esprit, et ne dit que ce qu'il faut dire, ne fait que ce qu'il faut faire, comme un homme habile à l'épée, qui reste souriant, immobile, se contentant de parer, sans aucun déploiement de science, les folles incartades d'un adversaire trop indigne de lui.

M. de Melta prit alors la parole. Jamais père d'enfans ingrats n'eut plus de dignité, plus d'émotion profonde dans la voix, plus d'amitié humide et douce dans le regard. Que voulait-il, après tout? le bonheur de Lucie, de cette enfant qui n'avait que lui pour appui ici-bas. Il trouva des larmes pour révéler toutes les excellentes qualités de cette belle âme, cette humanité intarissable, prodigue même... qui parfois dépassait les limites de la stricte sagesse. Il raconta, non sans émotion, les largesses princières que Lucie répandait, sans discernement, peut-être, sur tous ceux qui l'entouraient... et cette rente de deux mille francs, constituée à la vieille servante de sa mère... Sans doute, c'eût été là des actions sublimes, si toujours la vraie pitié les avait inspirées... Mais, pour ne reprendre que l'exemple qu'il avait cité ; cette servante, âgée et infirme, il est vrai, avait déjà quinze cents francs de rente. (Il ne disait pas qu'elle avait un fils débauché, qui la volait et la battait, et que cette pauvre et faible femme serait morte de misère sans les secours de madame de Rémond.) Or, un revenu de trois mille cinq cents francs pour une femme de campagne ! ... Qu'en faisait-elle ! elle amassait écus sur écus, et vivait de pain noir, et se chauffait de sarment ramassé dans les champs ! et puis, s'il y avait sous cette prodigalité, un motif saint et tout filial, combien d'autres, hélas ! faites à l'aventure, par caprice, par boutade... Une somme de dix mille francs, d'abord donnée à un M. .... (le nom lui échappait), enfin un homme que Lucie avait vu deux fois... (la somme avait été extorquée à Mme de Rémond par M. de Melta, qui était parvenu à toucher ce cœur généreux par le récit des malheurs imaginaires d'un certain industriel, son ancien compagnon de plaisirs, dont aujourd'hui il avait oublié le nom !.. Les deux amis, sans doute, formaient une société anonyme pour l'exploitation de la bonhomie de Lucie ; premier dividende, dix mille francs... et il y en a eu d'autres que M. de Melta n'oublia pas dans son récit)... Il y a quinze jours, ajouta-t-il, — sans aucune raison, un matin, — tout à coup, Mme de Rémond fait assembler ses domestiques, et leur annonce que leurs gages sont augmentés de deux cents francs... Ainsi, que voyons-nous autour d'elle ? des intrigans qui font profit de sa crédulité, qui amusent son esprit, ami du merveilleux, par cent baroques aventures... Les plus folles sont les mieux écoutées... et c'est un véritable pillage où, pendant que cette faible enfant s'attendrit, se désole des malheurs d'autrui, chacun fait main basse sur sa fortune, que laissent aller ses mains plus négligentes, peut-être, que généreuses.

— Si Mme de Rémond, — ajouta-t-il, — devait rester veuve, nul n'aurait le droit de rien reprendre à ses affections, pas même ceux qui l'aiment et qui, ce semble, devraient conserver sur elle cette autorité que donnent l'âge, l'expérience, un dévoûment éclairé... et pourtant n'est-il pas affreux de voir une jeune femme, mollement élevée dans toutes les recherches du luxe, à qui la vie a toujours été douce, riante, joyeuse, s'avancer les yeux fermés vers la ruine, la misère, la faim peut-être ! Le cœur le plus endurci ne serait-il pas ému, de savoir cette brillante, mais fatale imagination livrée à elle-même, vivant dans un monde à part où tout n'est que fêtes et enchantemens, pendant que sur cette terre loin de laquelle elle plane, d'avides amis saccagent sa fortune et lui font un horrible réveil ! Hélas ! est-ce bien à moi de vous révéler toutes les aberrations de ce merveilleux esprit qui prête aux faits les plus vulgaires des proportions gigantesques, et donne à tout les deux folles ailes de l'idéal ; de cet esprit poétique qui a l'élan, l'imagination, et à qui manque la froide et sévère raison.

Et tout enveloppé de généreuses réticences, tout en répétant, *est-ce bien à moi de vous dire ces choses ?* M. de Melta raconta la scène du bois de Boulogne, le bouquet tombé à terre et ravi avec une audace et un courage inouï. Il fit comprendre l'impression soudaine, irrésistible que cet incident romanesque produisit sur le cœur de Lucie ; il montra comment son âme, restée indifférente à l'amour d'hommes distingués qui étaient venus vers elle par le grand et monotone chemin de la vie ordinaire, s'était tout à coup abandonnée à une passion folle, aveugle, — séduite qu'elle avait été par cette rencontre merveilleuse et par ce début dramatique et, pour employer un mot à la mode, par ce début fatal. Mme de Rémond vivait si peu dans le monde réel que cet amour s'était développé en elle isolément, sans motif, sur un rêve, une chimère, qu'elle s'était fait un être idéal, grand par la pensée, sublime par le cœur, d'un inconnu qui n'était pas même un homme vulgaire; que ne pouvant donner un sens à ses paroles, elle en avait donné un à son silence; que, dans l'impossibilité de prêter une expression à ses yeux, elle avait fait, de cet égarement et de cette vague fixité du regard, la méditation profonde du génie replié sur lui-même et mieux encore, la muette et discrète adoration d'un amour éthéré, grand comme l'infini et vide comme lui. Enfin, M. de Naré était cette âme à laquelle la sienne se trouvait mystérieusement liée par la loi du destin, cette âme qui devait la comprendre et qu'elle avait désespéré de trouver sur cette terre de prosaïsme et de vulgarité.

En réalité, qu'était-ce que M. de Naré? Ici, M. de Melta raconta la jeunesse de Justin, telle que je vous l'ai dite, avec une exquise finesse d'analyse, faisant ressortir impitoyablement les moindres détails, lui enlevant peu à peu ce prestige extérieur qui jouait à merveille l'intelligence, le montrant pour ainsi dire dépouillé, nu dans son idiotisme, le conduisant pas à pas par toutes les actions de sa vie, faisant mouvoir tous les ressorts de cette existence automate, sans jamais y trouver la pensée; trahissant, pardonnez-moi l'expression, les lisières qui retenaient cet esprit vacillant et qui étaient guidées par les mains attentives d'une mère intelligente et dévouée; se demandant, s'il était possible de présenter cet homme comme une intelligence faible, à qui la pensée vient à l'état crépusculaire, un de ces esprits nuls, qui pourtant vont livrés à eux-mêmes dans la vie et suivent, silencieusement et dans l'ombre, l'ornière tracée, sans danger pour les autres et sans danger pour eux, qui gardent encore la conscience de ce qu'ils font, et qui dans leur humble médiocrité, allant toujours d'un pas sobre, mais continu, fournissent comme les autres et mieux que les autres, souvent, une honorable et douce carrière. Mais non, — il le démontre bien, — M. de Naré n'était pas nul, mais idiot; il n'avait pas été un instant seul, sans tutelle; c'était une âme aveuglée qu'il fallait conduire, et qui, sans appui, tomberait.

Or, la pensée d'une mère serait-elle toujours là pour guider, pour animer cette intelligence inerte, et, si un jour, comme on devait le craindre, elle venait à lui faire défaut, serait-ce Mme de Rémond qui la remplacerait? Hélas! chez l'un, il n'y avait pas assez d'âme, chez l'autre il y en avait trop. Qu'espérer de cet esprit mobile, fantasque, plein de rêves et d'étranges hallucinations? le mot folie, sans doute, était bien cruel, mais quel autre nom donner à cette erreur inouïe, à cet aveuglement de Lucie, qui ne lui avait pas permis de distinguer un homme de génie d'un idiot, qui l'avait jetée dans une passion bizarre en dehors de toute vraisemblance, et qui lorsque la vérité se dévoilait dans sa honteuse rigueur, l'y faisait persister par fol entêtement et la forçait à sacrifier, pour une vaine satisfaction d'amour-propre, le bonheur de sa vie entière? Et encore comment cette passion s'était-elle manifestée? Un soir, exaltée par le silence éternel et cette *expression* de M. de Naré, qu'elle prenait pour de la froideur et du dédain, Lucie avait voulu chercher dans la mort un refuge contre son amour insensé. Oui, parce que cette froide statue ne s'animait pas sous son souffle passionné, sous son âme trop ardente, à vingt ans, avec de la richesse, de la beauté, tout était fini pour elle en ce monde... soir terrible que celui où Mme de Rémond disparut sous les flots!... Mais M. de Naré se précipita pour la sauver... et je vous laisse à penser si son imagination poétique sut voir, dans ce dévoûment vulgaire, la preuve d'un amour tout à fait héroïque... Elle prit donc son parti sur ce que ce caractère gardait encore d'étrange et d'incompréhensible pour elle... Sa passion doubla de violence... et alors... elle, élevée dans des principes religieux... qui portait encore le nom honorable et respecté de M. de Rémond... mais je vous l'ai dit, cette âme ne s'appartenait plus... (Il y eut ici une réticence horrible, accablante.)

Je dus chasser M. de Naré d'un toit qu'il avait souillé — continua M. de Melta, presque à voix basse, —... mais il était trop tard... L'exaspération de Mme de Rémond ne connut plus de bornes... elle ne respecta plus même l'opinion du monde... Au risque de s'afficher devant ses gens, la nuit... elle courut les champs pour aller retrouver celui qu'elle aimait... elle osa le ramener au château...Alors ce fut à moi de quitter La Garlière... devant tant d'audace et de scandale, je devais me retirer...

Du reste, pourquoi fallait-il qu'une inexorable fatalité fît à M. de Melta un devoir rigoureux de divulguer ces tristes détails? Qu'il eût bien mieux valu qu'un voile éternel restât baissé sur eux! Il l'avait demandé comme une grâce, mais l'on n'avait voulu voir dans sa générosité qu'un vil intérêt... il avait fait son devoir... car il ne sentait pas, lui, pour la conduite de Mme de Rémond, cette réprobation que le monde lui jetterait à la face, car il la croyait moins coupable encore qu'insensée, car depuis long-temps il observait en elle les tristes ravages d'une pensée exaltée qui, parfois se manifestait par des actions étranges. Ainsi, la nuit souvent, au dire des femmes attachées à son service, Mme de Rémond se relevait... elle allumait chez elle toutes les bougies, se parait de fleurs et de rubans comme pour un bal, et jouait de longues scènes d'amour devant ses glaces... fatals présages!... Puis elle était poursuivie par des soupçons bizarres... comme il l'avait prouvé, des gens inconnus entraient tout à coup de plain-pied dans sa confiance, et ses amis, ses proches en voulaient à sa vie... Le matin même (il l'avait su par hasard), une scène de ce genre s'était passée au château. Mme de Rémond, lorsqu'on lui avait servi un bouillon, comme elle a coutume d'en prendre tous les matins, s'était soudain imaginé qu'on voulait l'empoisonner. Une femme de chambre, dont quelques jours avant, elle avait augmenté les gages, comme ceux des autres domestiques, était l'objet de ses soupçons. Sous l'empire de cette folle terreur, elle avait vidé le contenu du bol qu'on lui présentait...

—Enfin, dit M. de Melta, après un résumé perfide, si M. de Naré épousait une femme dont la raison sage, froide et ferme pût dominer dans le ménage et lutter seule contre les hommes ou les choses, ou bien encore si Lucie épousait un homme d'une volonté intelligente, éclairée, qui pût maîtriser une imagination maladive, et retenir d'une main habile les aberrations d'un esprit, hélas! trop brillant, où la pensée est une flamme qui brûle autant qu'elle brille, songerais-je à la triste démarche que je fais aujourd'hui, aurais-je ce pénible devoir de demander l'interdiction de l'un et de l'autre!... mais réunir ce cerveau où la pensée n'est pas et ce cerveau où la pensée est exaltée jusqu'au délire, mais appuyer l'un contre l'autre ce qui tombe et ce qui chancelle..... ce serait folie! et malgré les odieuses calomnies qui peuvent se lever contre moi, et dont j'ai cru sentir déjà l'effort impuissant, j'ai dû prendre la parole pour protester contre un mariage insensé, et je l'ai fait comme l'eût fait un père dont je tiens la place. »

Jamais peut-être réquisitoire ne fut plus habilement conduit. Souple et caressante comme un lierre, l'accusation s'y dressait peu à peu, croisait imperceptiblement ses mille rameaux, puis devenait un épais et vivace réseau où la vérité se trouvait prise, étreinte, étouffée.

D'abord le président interrogea ce jeune homme que je me rappelais avoir vu quelquefois aux soirées de la baronne de Tally. Il se nommait Adrien de Ségur. Sa déposition fut assez insignifiante. Beaucoup plus jeune que M. de Naré, il s'était trouvé cependant avec lui au collége, et, sans préciser des faits, ne put que rappeler le surnom donné à Justin et l'opinion de ses camarades sur lui.

Les révélations de M. de Belgy avaient un autre caractère de gravité. Il ne pouvait que confirmer tout ce qu'avait dit M. de Melta; cependant il le fit avec une certaine réserve. Il ne sortit pas du chemin de la vérité, mais il en côtoya le bord le plus possible. Les faits, il les raconta dans leur rigoureuse précision, mais, quant aux déductions, il s'abstint. Il accusa l'absence de toute manifestation de la pensée, mais de l'absence de la pensée elle-même, il n'en dit mot. Et le pouvait-il après l'interrogatoire subi par M. de Naré avec tant de calme et de présence d'esprit?

M. de Naré se leva le sourire sur les lèvres pour prendre la parole, mais un regard de Lucie lui ferma la bouche.

« Je suis plus attaquée que vous encore, s'écria-t-elle, c'est à moi de me défendre. Je suis désolée, au lieu de chercher à dénouer le nœud gordien, tissu de sottes calomnies, qu'on me présente, d'avoir plutôt à le couper d'une façon tout héroïque et peut-être un peu brusque, et, qu'ayant à me défendre d'actes de folie, je ne puisse le faire qu'en portant une accusation semblable contre M. de Melta, ce qui a par trop l'air d'une mauvaise plaisanterie; toujours est-il que si M. de Melta rétracte son spirituel et pathétique réquisitoire, que s'il vient à trouver nuls et sans valeur tous ces faits si graves amoncelés comme des nuages sur ma tête, que si cette fille appelée par lui pour m'accuser ne dit pas un mot, qu'enfin si l'accusation recule et abandonne la place, M. de Melta, qui veut que je sois liée comme folle, n'aura réussi, ce me semble, qu'à faire douter de la rectitude de son propre jugement; car, grâce à l'amitié toute paternelle qu'il a pour moi et dont il vous a fait un récit si touchant, qui oserait chercher dans sa conduite des intentions malveillantes et personnelles qu'une pauvre écervelée comme moi serait parvenue à déjouer? Est-ce possible, dites-moi! ne vaut-il pas mieux croire que l'esprit de M. de Melta, *cet esprit si brillant, trop brillant peut-être, a quitté le monde réel pour entrer dans le monde des chimères et des illusions*, en d'autres termes qu'il a été quelque peu dérangé.

Cependant, remarquez-le bien, je ne réclame pas l'interdiction de M. de Melta; il n'a pas de fortune à gérer, et quel avantage aurais-je alors à me trouver sa tutrice, en supposant que la loi pût m'autoriser à l'être? Je ne demande à M. le président que la faveur de pouvoir entretenir, un instant seule, M. de Melta et ma femme de chambre, et je ne doute pas que d'un mot, je ne soulève le voile épais qui leur couvre les yeux; après tout, *que veut M. de Melta*, mon bonheur seulement, et il me serait difficile de ne pas le croire après les preuves de dévoûment qu'il m'a toujours données.

Le président parut réfléchir un moment, puis il déclara que, comme l'affaire n'était pas encore devant le tribunal, et qu'il ne s'agissait que d'un simple conseil de famille, il ne voyait pas d'inconvéniens à accorder à Mme de Rémond la faveur qu'elle demandait.

Les acteurs du drame se retirèrent donc un instant et nous laissèrent seuls.

Pour ma part, j'avoue que j'oubliai l'intérêt de dévouement qui me liait à Lucie, pour être tout entière et palpitante à l'intérêt de curiosité qu'excitaient les péripéties inattendues de cette scène.

Que pouvait-elle avoir à dire à M. de Melta qui changeât si abruptement la face des choses? Sans doute elle avait à révéler sur lui des faits graves, accablans, mais dont la preuve était bien lointaine, bien douteuse, puisque l'espace et le temps à la fois avaient passé sur eux, puisque des années et des milliers des lieues nous en séparaient. Et puis, que M. de Melta fût un faussaire et eût été condamné par le tribunal de la Guadeloupe, cela prouverait-il en faveur de Lucie? et l'infâme réseau de ca-

lomnies qui l'étreignait pour avoir été tissu par un homme taré, perdu,
n'en existait pas moins.

En vérité je craignais que Lucie ne se fût laissé abuser par de fausses
espérances, et qu'avec son amour des voies détournées et mystérieuses,
elle ne s'égarât autour de la défense, au lieu de l'aborder franchement,
résolûment et d'assaut

Cependant la porte s'ouvrit ; madame de Rémond revint s'asseoir à sa
place. Elle était calme, souriante ; mon regard qui cherchait le sien, le
trouva si rayonnant, si ferme, que mon âme, toute chancelante, s'y ap-
puya pour ainsi dire, et reprit involontairement et sans savoir pourquoi
une sereine assurance.

Quant à M. de Melta, il était calme aussi, mais son visage avait cette
teinte blême, mortelle, pâleur affreuse des gens naturellement pâles. Il
semblait que dans ses yeux, d'ordinaire noirs et scintillans, toute lueur se
fût éteinte ; ils étaient d'un noir mat, opaque,—le noir d'un gouffre.

— Je dois déclarer, dit-il d'une voix sourde et tremblante, qu'en effet,
comme l'avait prédit Mme de Rémond, je retire la double demande d'interdiction que j'avais formée contre elle et contre M. de Naré. Je n'ai pas
à m'expliquer sur ce brusque revirement dans ma conduite ; j'avais tout
lieu de croire que j'étais dans la voie de la justice et de la vérité, quand
je provoquais ces tristes mesures ; il m'est démontré que je me suis trop
pressé d'ajouter foi à de vaines apparences ; je ne puis donc que me dé-
sister.

Je vous laisse à penser l'effet que produisit sur nous cette rétractation
subite, invraisemblable, faite à voix basse et les yeux baissés. Ainsi, tant
d'efforts, tant de piéges, un si long chemin à travers l'hyprocrisie et les
mauvaises pensées, n'aboutissaient qu'à cet aveu honteux, humble, impitoyablement clair et décisif ! C'était à s'y perdre !

Le président répondit à M. de Melta qu'il n'avait pas heureusement pour
lui, peut-être, mission de rechercher les motifs de son étrange conduite ; que comme ascendant de Lucie, il échappait aux poursuites des
lois, qu'il souhaitait que de même il lui fût possible d'échapper aux reproches de sa conscience, qui toujours entre dans l'âme sur les pas d'une
mauvaise action.

L'interrogatoire de Mme de Rémond et de M. de Naré continua quelques
instans encore, en dépit de cette déclaration, mais ce fut pour la forme
seulement. M. de Naré répondit toujours avec justesse et modération ;
quant à Lucie, elle baffoua avec une moquerie étincelante d'esprit, le personnage romanesque et idéal qu'on avait cru trouver en elle ; elle raconta fort plaisamment sa position perplexe entre le bateau et l'île des Iris,
où l'avait mise le défaut de galanterie de M. de Naré, et sa chute très peu
poétique dans la rivière ; elle reprit peu à peu les événemens, à qui elle
enleva leur draperie sombre et dramatique, et qu'elle r'habilla, avec sa
main leste, de leur simple vulgarité. Elle fut spirituelle, sensée, calme,
inoffensive, et cependant, çà et là, elle laissait deviner, comme par mé-
garde, de sombres échappées de vue sur la vérité, trop vagues pour l'accusation, assez distinctes cependant pour le soupçon.

Lorsqu'elle eut fini, ce fut avec un geste et un sourire de galanterie
surannée et toute courtoise que le président lui témoigna sa satisfaction;
puis nous dûmes nous retirer pour laisser le conseil de famille délibé-
rer à loisir

A peine fûmes-nous sur la route de La Gardière, que Mme de Naré se
jeta dans les bras de son fils et s'écria:

« Oh ! je savais bien que la pensée n'était qu'assoupie dans ton âme...
Mon bon Justin, regarde-moi, parle-moi ! parle-moi ! car il me semble,
aujourd'hui, que j'entends ta voix pour la première fois. »

M. de Naré ne répondit que froidement à cette étreinte soudaine qu'il semblait ne pas comprendre, et il murmura à demi-voix :

—J'ai un mal de tête affreux !

La pauvre mère se retourna vers Mme de Rémond avec un regard plein d'anxiété, de douloureuse interrogation.

Lucie secoua la tête et répondit : « Vous vous êtes trompée, ma mère ! »

III.

Et nous reprîmes silencieusement le chemin du château. Justin nous
précéda, escaladant joyeusement les tertres fleuris qui encadraient la route
et cueillant çà et là quelques marguerites et quelques bluets qu'il tressait
en couronne avec une patience angélique et un sérieux comique.

Le soir, madame de Naré, Lucie et moi, nous étions réunies dans le salon, et je me joignais à la mère de Justin pour solliciter de Mme de Rémond une explication sur sa conduite mystérieuse, explication qu'elle re-
tardait toujours, inquiète qu'elle était encore des résultats de la délibéra-
tion du conseil de famille, lorsque le jardinier nous remit un billet du
président ***.

Lucie, en arrivant, avait renvoyé tous les domestiques. Il ne restait
que le jardinier et la cuisinière.

Le président annonçait à Lucie que le conseil avait rejeté à l'unanimité
la demande de M. de Melta, et il ajoutait :

« Ma chère enfant,—mon âge me donne le droit de vous appeler ainsi, — vous avez tout à craindre de cet homme. Vous êtes trop généreuse
pour lui...Je devine que vous avez caché certains faits terribles à révéler...
Pardonner aux méchans, c'est lâcheté, ce n'est pas bonté ! Prenez garde !
il ne faut pas que du pardon naisse le danger..... Venez me voir demain
plutôt que dans quelques jours, le matin plutôt que le soir... Si je n'étais
si vieux et si je n'avais un cocher de mon âge, qui n'y voit presque plus
et me mènerait chez vous par les fossés et par les haies, j'aurais été à La
Gardière ce soir même ! »

Cette lettre venait en aide aux remontrances qu'un instant auparavant
Mme de Naré et moi nous faisions à Lucie.—Il fallait, disions-nous, avoir
le courage d'accuser hautement M. de Melta, et de le livrer à la justice.

—Il est le frère de mon père, répondait Mme de Rémond en secouant
tristement la tête.

Comme Mme de Rémond achevait la lecture de cette lettre, nous entendîmes dans la cour de violens aboiemens et un bruit de chaîne secouée.

Lucie ouvrit la fenêtre du salon, appela un domestique et lui demanda :

—Qu'y a-t-il donc, et pourquoi Phéda s'agite-t-elle et aboie-t-elle ainsi?

—Je ne sais, madame.

—La grille de l'avenue est-elle fermée?

—On l'a fermée au grand jour.

Les aboiemens de Phéda cessèrent; elle rentra dans sa niche, et se coucha paisiblement.

—Phéda allait souvent à la chasse avec M. de Melta, dis-je à Lucie; peut-être a-t-elle entendu passer son ancien maître.

—Mais la grille est fermée, répondit Mme de Rémond.

Cet incident si simple me laissa dans l'âme je ne sais quelle vague tristesse qu'en vain je cherchais à combattre. Et pourtant, me disais-je, qu'y a-t-il à craindre? Et puis, peut-être un pauvre a-t-il passé dans l'avenue. Phéda avait horreur des pauvres.

— Mais j'ai des révélations à vous faire, s'écria Lucie avec gaîté, et je vais tenir ma promesse. Heureusement, M. de Naré s'est retiré chez lui de bonne heure, et ma foi, je ne sais maintenant si on peut tout dire devant lui.

Du reste, ces révélations sont bien simples. Une sorte d'émotion que M. Justin éprouvait à ma vue, la pénétration dont il avait fait preuve dans la scène du bateau, le courage qu'il avait montré en offensant mortellement M. de Melta, ces idées superficielles encore, mais pleines de suite, de persistance, et enfin, et surtout ce regard parfois railleur, parfois aussi ému, qui m'avait toujours semblé contenir une pensée, — car d'où venait la flamme qui l'animait, si ce n'était de l'âme? — tout cela me fit espérer que l'intelligence de M. de Naré n'était pas tout à fait close, que peut-être il serait possible de la maîtriser dans ce qu'elle avait de sauvage et d'indompté, d'y glisser une animation, une vie étrangère qui jouassent l'animation et la vie intérieure, de la dominer enfin comme les magnétiseurs dominent leurs sujets; mais ne sachant manier le fluide électrique, et peu désireuse d'endormir M. de Naré en plein conseil, j'eus recours à des moyens extrêmement vulgaires et très peu mystérieux.

J'eus d'abord un long entretien avec lui : je lui expliquai le plus matériellement possible les projets de M. de Melta sur lui et sur moi. Il lui impossible de lui faire comprendre ce mot interdiction, qui est trop moral; et, l'amenant dans les caveaux du château, je lui fis entendre que M. de Melta voulait nous y tenir enfermés l'un et l'autre pour toujours; il n'avait pas compris l'interdiction, il comprit la prison.

—Et ma mère! s'écria-t-il.

— Vous en serez séparé à tout jamais.

Sa figure prit une expression déchirante de douleur, et il se mit à pleurer comme un enfant.

Je lui montrai alors tous les détails de luxe de mon appartement, mes bijoux, mes colliers, mes diamans; je jouai sur le piano les airs qui paraissent l'émouvoir le plus; il souriait et pleurait à la fois, il avait déjà oublié l'émotion douloureuse que j'avais fait naître, et il revenait toujours aux diamans qu'il faisait scintiller au jour, et dont les vives étincelles paraissaient avoir un charme inouï pour lui.

Je les lui repris avec une sorte de violence, et je m'écriai :

—Il n'y faut plus toucher, ni à ce piano, ni à ces statuettes; tout cela appartient maintenant à M. de Melta : il m'a tout pris.

— Je vous en achèterai d'autres.

— Vous avez donc de la fortune.

— Oui, ma mère en a.

— M. de Melta vous la prendra aussi.

— Et comment ?

— Pendant que vous serez en prison.

— Et ma mère?

— Elle sera dans la misère comme ces pauvres qui viennent quelquefois mendier à la grille du château, et qui font aboyer Phéda !

— Oui, mais moi je le tuerai!

— Ceux qui tuent, on les tue à leur tour. Et vous feriez mourir votre mère de douleur !

— Justin, continuai-je, vous rappelez-vous l'idiot de Verneuil, qui venait à nous en bégayant, et qui riait toujours ?

— L'idiot ! Ah ! oui, l'idiot !

— On l'a mis en prison.

— Tant mieux.

— Mais M. de Melta prétend que, tous deux, nous sommes comme lui.

— Comme l'idiot !

— Et l'on nous mettra en prison aussi !

— Il faut fuir.

— On nous poursuivrait.

— Que faire ?

— Dans huit jours on assemblera tous nos parens chez un juge (le mot président n'aurait pas eu de sens pour lui), et là, on nous interrogera pour savoir si nous sommes comme l'idiot. Il y aura des demandes auxquelles il faudra que vous répondiez, et des demandes auxquelles il faudra que vous gardiez le silence en souriant. Il n'y a que moi qui sache ce qu'il faudra dire ou ce qu'il faudra taire. Me comprenez-vous ?

— Oui, sans doute.

— Vous avez de la mémoire, vous devrez apprendre quelques unes de ces réponses par cœur. Voulez-vous, ces quinze jours-ci, abandonner la chasse et la pêche ? Nous nous promènerons ensemble dans le parc, et nous causerons.

— Oui, c'est cela ; j'aime à causer, moi.

La discrétion était si nécessaire que je la lui recommandai même avec vous, dit Lucie à madame de Naré, qui êtes sa mère ; j'essayais mon pouvoir ; s'il avait assez de force de volonté pour se taire près de celle qui jusqu'alors avait été son guide, son intelligence, je devais tout espérer de lui.

Les quatorze jours qui nous restaient se passèrent donc en répétitions de la scène qui allait se jouer ; je me torturais l'esprit pour deviner quelles étaient les questions qu'on devait lui adresser, et nécessairement, de ce côté, la perspicacité la plus grande du monde devait échouer. Seulement, je me dis : le président commencera, sans aucun doute, par formuler la demande d'interdiction. C'est la préface voulue de l'interrogatoire. Au lieu de nous renfermer dans la défense, accusons nous-même ; et tout d'abord ; viennent les questions difficiles, peu importe comment, M. de Naré y répondra, s'il a d'abord fait preuve d'intelligence et d'esprit en attaquant son adversaire ; si, par des réticences habiles, il a éveillé le soupçon ; si au lieu de rester humble et sur le terrain inférieur de la défense, il s'est élancé sur le point culminant de l'attaque ; s'il prend de haut son ennemi et le domine. C'était presque de la stratégie.

Aussi, il y avait une phrase par laquelle, de façon ou d'autre, il fallait que M. de Naré commençât ; une phrase perfide, aiguë, et qui devait porter un coup funeste à M. de Melta. Cette phrase qu'il savait bien, qu'il disait, — qu'il a dite, car vous l'avez entendue, — avec une finesse exquise, devait trouver sa place infailliblement. Si le président, — car j'avais calculé toutes les chances, — si le président n'avait pas prononcé d'abord le mot interdiction, je devais me lever et dire :

« M. de Melta demande l'interdiction de M. de Naré et mon interdiction à moi-même. »

Alors Justin se levant également, m'aurait interrompue, et aurait dit, toujours avec cette ironie qui est dans sa voix légèrement métallique et ses yeux à demi plissés :

« Eh ! mon Dieu, qui est bien sûr de sa raison ici-bas ! M. de Melta lui-même a dans sa vie commis bien des actes de folie... mais on n'a pas demandé pour lui l'interdiction... La justice s'est contentée de requérir la prison. »

Le coup était inévitable.

« Puis nécessairement, et comme cela s'est passé, le président demandait le sens d'une telle accusation. M. de Naré racontait en peu de mots la vie de M. de Melta et ses aventures malencontreuses à la Guadeloupe.

« M. de Melta criait à la calomnie; alors Justin tirait de son portefeuille une lettre que voici, et que j'ai trouvée, il n'y a pas deux mois, dans un tiroir secret d'une antique chiffonnière qui a appartenu à ma pauvre mère. Cette lettre est d'un des plus honorables négocians de la Guadeloupe, ami de la famille : il raconte les faits qui ont motivé les poursuites dirigées contre M. de Melta, et par quels moyens sa fuite, heureusement, a été assurée.

Ceci faisait coup de théâtre.

Les déductions qui devaient amener l'apparition de la lettre ne se sont pas assez vigoureusement enchaînées, et aux protestations détournées, habiles, de M. de Melta, Justin s'est contenté de répondre : « Nous verrons. »

Ce *nous verrons* est sublime; il appartient à M. de Naré. Le coup, au lieu d'être porté à faux, ce que je craignais, se trouvait retardé.

Ainsi, à toutes les demandes qui pouvaient être faites, quelques mots de réponse brefs, et tout aussitôt une accusation soudaine, impétueuse, contre M. de Melta!

Quant à ces demandes, je vous dirai tout à l'heure comment je m'y pris pour avertir M. de Naré si elles contenaient quelque piége, et s'il devait y répondre ou par le silence ou par une plaisanterie.

Seulement, je pressentais parfois que toutes ces subtiles habiletés, que toutes ces frêles combinaisons d'un pauvre cerveau de femme pourraient bien aller se briser contre ces calomnies que, depuis des années, M. de Melta avait élevées autour de moi comme les murs d'une sombre forteresse, que l'incident le plus insignifiant en apparence, qu'un interrogatoire subi séparément par M. de Naré et par moi, ou moins encore, qu'une simple disposition des siéges où nous devions prendre place, et qui ne m'eût pas permis de me trouver en face de Justin... que sais-je enfin! qu'un seul de ces hasards si simples qu'ils échappent à toutes les prévisions, pourrait rendre vains tous mes efforts, tous mes calculs du jour et des nuits... car voici bientôt deux mois que je n'ai fermé l'œil, et que ces pensées s'écrivent en lettres de feu aux sombres tentures de mon alcôve!...

La veille du jour où devait se tenir le conseil de famille, M. de Naré me remit, d'un air mystérieux, une sorte de chiffon de papier, tout mouillé par la pluie, qu'il avait trouvé parmi les feuilles mortes, dans une allée du verger.

—Eh bien! Justin, lui dis-je; qu'est-ce que ceci? et pourquoi me l'apportez-vous?

— Je me suis demandé s'il fallait le rendre à Rose, et j'ai préféré vous le remettre.

— Comment, le rendre à Rose?

— Oui, il y a derrière : Mademoiselle Rose!

— Mais c'est de l'écriture de M. de Melta! m'écriai-je.

— Je l'ignore.

— Et que contient ce billet? donnez-le-moi.

— Oh! il est tout déchiré par la pluie.

C'était vrai. De la première feuille de la lettre il n'existait plus qu'un insaisissable fragment; évidemment cette première feuille avait été déchirée avec intention; seulement la déchirure n'avait pas exactement suivi le pli du milieu, et il restait de la page anéantie quelques festons à à la marge dont un seul allait jusqu'à l'écriture et encore ne contenait-il que deux lettres, mais les deux lettres formaient un mot bien séparé et très distinct.

C'était le mot : *tu*.

J'examinai encore une fois l'adresse; elle était bien de l'écriture de M. de

Melta; c'était ce caractère grêle, aigu, correct avec une sorte de séche-
resse et de dureté et plein d'angles.

Une pensée me vint alors, qui, jamais n'était entrée dans mon esprit.
mille circonstances jusqu'à ce moment inaperçues, indifférentes, se levè-
rent de tous côtés, et rendirent comme un muet témoignage à mes soupçons.

M. de Melta était l'amant de ma femme de chambre.

Mais alors, pourquoi restait-elle à mon service, pourquoi ne l'avait-elle
pas suivi? Dans quel but demeurait-elle au château? Qu'y avait-il dans
cette correspondance entre elle et M. de Melta? Car évidemment cette
lettre avait une date postérieure au départ de mon oncle de La Gardière;
autrement, quand il pouvait lui parler à toute heure, sans témoins,
pourquoi lui aurait-il écrit? Cette lettre M. de Naré l'ayait trouvée dans
une allée du verger. Pourquoi là plutôt qu'ailleurs? N'aurait-elle pas été
remise à Rose, secrètement, par la porte du jardin, qui s'ouvrait sur les
champs? Dans ce cas, elle contenait donc des choses bien graves, pour
qu'on la fît parvenir par cette voie détournée. Comment n'avais-je pas
encore songé aux dangers de cette porte si facile à ouvrir? Le soir même
je la fis condamner.

Je me rappelai alors cet autre billet de Mlle Dorothée que nous trouvâmes ensemble dans le salon et qui contenait ces mots :

« Renvoie tous tes gens, et surtout ta femme de chambre. »

Le lendemain matin, Rose entra chez moi pour me coiffer. Elle était
très pâle et sa main tremblait.

— Qu'avez-vous? lui demandai-je. Vous tremblez.

— Oh! je n'ai rien, madame.

En dépit de ses protestations, elle éprouvait un frissonnement si sensi-
ble que je dus la renvoyer et achever moi seule ma toilette.

Cette fille paraissait si malade que je pensai qu'elle était montée chez
elle et s'était mise au lit.

Cependant en descendant à la salle à manger, je fus très surprise de la
rencontrer qui semblait sortir de l'office.

— Je vous croyais couchée, lui dis-je.

— Oh! je ne sais pas ce qu'a madame ce matin. Je ne suis pas malade
du tout.

— C'est bien !

J'entrai en passant dans l'office. Il n'y avait personne. Le bouillon,
qu'on devait me servir, était versé dans le bol et placé sur le plateau.
Comme j'allais sortir, presque honteuse de mes terribles soupçons, je rencontrai le cuisinier, presque endimanché.

— D'où venez-vous donc? lui dis-je.

— Je viens de Verneuil, madame, porter la lettre que vous avez dit d'af-
franchir.

— Qui vous l'a remise?

— Rose.

— Je n'ai pas écrit de lettre ce matin. Alors qui a préparé ce bouillon?

— Rose.

— En avez-vous encore.

— Oui, madame.

— Faites-en chauffer un autre que vous me servirez dans un bol semblable à celui-ci. Vous ne sortirez de l'office sous aucun prétexte. Si Rose
y venait, vous ne la laisseriez pas entrer, et vous lui diriez que je la demande.

— Madame, quel soupçon ! s'écria ce pauvre homme tout consterné.

— Si vous m'avez devinée, vous comprenez l'importance de votre présence ici.

Je serrai le premier bol dans une armoire que je fermai à clé.

Vous savez ce qui se passa à déjeûner et la comédie que je jouai avec Rose, dont l'évanouissement trahit le crime.

J'avoue cependant que je n'aurais pas cru à cette fille assez d'audace pour, après ce qui s'était passé, oser paraître comme témoin contre moi. Je ne pensais pas que, dans un crime avorté, il y eût encore l'étoffe d'un nouveau crime. Vous avez vu cependant que M. de Melta avait trouvé le temps d'avoir un entretien avec ma femme de chambre, et que l'empoisonnement n'ayant pas réussi, la scène qui avait eu lieu devenait un acte de folie qui, combiné avec la création très neuve de mes promenades nocturnes dans ma chambre et de mes toilettes de mariée aux bougies, formait un ensemble d'accusation assez satisfaisant.

Seulement je voudrais pouvoir vous donner une idée de la commotion qu'éprouvèrent M. de Melta et cette malheureuse, quand je leur dis :

— Pour oser de si grands crimes, vous êtes vraiment par trop imprévoyans.

Ici, airs dédaigneux des deux complices qui haussent les épaules et sourient de pitié.

— Vous semblez dire que le bouillon qu'on devait me servir, et dont mademoiselle a voulu prendre soin elle-même en donnant de faux ordres au cuisinier pour l'éloigner, vous semblez dire qu'il n'était pas empoisonné. Mais il est facile de s'assurer de la chose. Le bouillon est encore dans le bol où mademoiselle l'a versé. On m'en a servi un autre, des plus innocens, et qui n'avait rien en lui pour motiver l'évanouissement de mademoiselle, à la seule proposition de le boire. Nous verrons ce que l'analyse des chimistes y trouvera.

— En tous cas, madame, me dit M. de Melta, d'une voix altérée, ce sont des détails d'intérieur qui ne me regardent nullement, et je ne vois pas ce que j'ai à faire dans vos explications

Ce mot me plut : *détails d'intérieur.* Un empoisonnement, détails d'intérieur était quelque chose fort extraordinaire.

— Ces airs de hauteur seraient fort nobles, monsieur, si les personnes avec qui vous vous compromettez, ne laissaient pas traîner vos lettres. On les trouve dans le verger en se promenant.

Ici, je crois que si M. de Melta avait eu une arme il m'eût tuée. Il bondit, il se précipita vers moi, je crus qu'il allait me briser sous ses pieds ; je reculai un moment épouvantée. Mais je repris aussitôt mon sang-froid et je lui dis :

— Vous ne m'effrayez pas, je vous assure; et l'émotion que vous montrez est fort maladroite. Je vous croyais plus maître de vous...

— Vous mentez impudemment, s'écria-t-il.

— Alors rentrons... et je vous accuse.

— Non, vous ne passerez pas.

— Vous n'avez pas votre raison, lui dis-je avec mépris, vous qui voulez faire douter de celle des autres!

— Oh! l'infernale femme !

— En effet, une femme qu'on ne peut tuer ! Maintenant, si vous avez assez de calme pour m'écouter, voici mes conditions. Vous portez le nom de mon père, et c'est un nom sacré que celui-là ; je ne veux pas que vous le traîniez, souillé, déshonoré, en cour d'assises. Vous allez, là, devant moi, rétracter toutes vos accusations... Vous trouverez les raisons que vous voudrez, peu m'importe! A ce prix, je me tais. Maintenant, vous êtes assassin, mais vous êtes lâche! M. de Naré, dont je vais porter le nom, me protégera contre vous, et près de lui je ne vous crains plus.

Alors M. de Melta éprouva une de ces révolutions soudaines qui lui sont familières. Il se jeta à mes pieds, il fondit en larmes, il me conjura avec des sanglots de l'épargner, d'avoir pitié de lui.

— Que me demandez-vous ? lui dis-je ; que je me laisse accuser et condamner par pitié pour vous! Allons, vous êtes fou ! Vous passerez seulement pour faux accusateur, et vous serez heureux de ne passer que pour cela !

Et ne voulant plus écouter les divagations de ce misérable, je rentrai. Il me suivit ; en une seconde, sa figure décomposée reprit, sinon sa sérénité, du moins son sang-froid ; ses larmes se séchèrent, et il fit la déclaration que vous avez entendue.

L'interrogatoire continua ; M. de Naré répondit toujours avec à-propos et justesse.

J'étais, s'il vous en souvient, assise presque en face de lui. Quand le président l'interrogeait, si la question qu'il adressait ne contenait pas d'embûches, je laissais aller ma main droite sur mes genoux. Si, au contraire, elle cachait,—comme il est arrivé,—quelque erreur grotesque commise à dessein, et dont Justin ne pût se défier, je portais ma main à ma ceinture. Alors il répondait par son sourire spirituel et par quelques mots évasifs, dédaignant naturellement de relever l'erreur de M. le président. Si enfin c'était une de ces questions épineuses qui vont jusqu'au fond des choses et ont une secrète et grave portée, je me croisais les doigts. M. de Naré alors, lui, nouveau venu au château, et dont les relations avec la famille étaient fort récentes, déclarait n'être pas instruit à ce sujet, et je prenais la parole pour lui.

Ce système de pantomime très simple, que j'eus cependant une peine inouïe à faire comprendre à Justin, n'était pas complétement sans dangers; cependant, vous l'avez vu, il a réussi à merveille, et, comme je vous l'ai dit, nous avons vraiment eu, avec M. de Naré, une intelligence à deux. »

Onze heures se dessinaient presque sur le grand cadran blanc de la pendule Louis XV qui ornait la cheminée, lorsque Mme de Rémond eut achevé ses confidences.

— Mais sais-tu, lui dis-je, que tu es née homme d'état?

— Avec tant de ruse, dit Mme de Naré, que Lucie serait à craindre, si elle n'était si bonne !

Nous restâmes quelques instans encore à contempler avec une sensation mêlée de douleur et de joie les dangers auxquels Lucie avait échappé, et à admirer le talent d'intrigue qui s'était tout à coup révélé en elle ; puis Mme de Naré embrassa notre héroïne en l'appelant *sa fille*, et se retira.

En ce moment, un vieux domestique du château, fidèlement attaché à Lucie, vint nous annoncer que M. de Melta et Mlle Dorothée étaient partis pour Paris en chaise de poste.

A peine ce domestique nous eut-il quittées, que Lucie se jeta dans mes bras et s'écria :

— Ah ! ce n'est que maintenant que mon rôle cesse, et que je puis pleurer, pleurer seule avec toi !

— Que veux-tu dire ?

— Tant que la lutte a duré, tant que mon honneur se trouva compromis et qu'il fallut le défendre, je fus soutenue par une sorte de surexcitation fébrile qui me donnait de la force tout en me consumant. Mais maintenant, vois-tu, cette force factice s'est éteinte. Avec le calme, dans mon âme est entrée une douleur sans violence, sans désespoir, mais pleine d'abattement et d'atonie. Ces jours-ci, j'avais encore au-dessus de ma vie des nuages noirs, orageux, mais aussi des trouées lumineuses, des échappées de soleil et d'espérance. Aujourd'hui, je n'ai plus sur moi qu'un seul nuage, mais sombre, froid, continu, s'étendant à tous les points de l'horizon, et que rien ne pourra plus chasser. Être la femme d'un idiot ! oh ! dis-moi, as-tu bien songé à cela ? C'est affreux ! Souvent, depuis quelques heures, ce doute m'est venu : n'eût-il pas mieux valu, femme faible et sans vouloir, vivre tranquille et résignée sous la tutelle d'un autre, que d'exercer soi-même une aussi périlleuse, une aussi grave tutelle ! Crois-tu donc

qu'aux yeux du monde la triste comédie que j'ai jouée aujourd'hui
pourra se continuer? Crois-tu qu'un secret gardé à grand'peine quelques
heures, ne se trahira pas avec le temps? Et que ferai-je, moi, la femme
d'un homme que chacun aura le droit de prendre en pitié et de baffouer?
Et si quelques-uns me plaignent, combien d'autres me calomnieront! Un
mari si facile à tromper, dira-t-on! Fuirai-je le monde? mais que sera-ce
donc alors que la vie pour moi! un tête-à-tête sans fin, sans trève, avec
un homme dont le regard est vide, et qui ne pense pas... L'isolement...
et encore si c'était l'isolement!.. Mais non; avoir toujours devant soi ce
sourire inanimé, cette voix au timbre caressant, et qui ne sait rien expri-
mer; cette intelligence d'enfant à laquelle il ne faut qu'un amour de mère!.. et il l'a déjà cet amour!.. Que serai-je donc pour lui? Oh! c'est acheter trop cher une vaine considération dont la voix n'arrivera pas même
dans ma solitude!

— Tu te trompes, Lucie, lui dis-je douloureusement émue, tu te trompes
si tu crois qu'en bravant l'opinion du monde tu aurais pu vivre heureuse.
Sans doute, tu aurais eu pour toi la conscience de ton innocence. Mais,
dis-moi, n'y a-t-il que les fleurs où se glisse un ver, qui tombent flétries;
Celles que le froid a gelées ne se fanent-elles pas aussi? Ah! si le remords peut être comparé à ce ver qui déchire le calice des fleurs, le mépris
public ne peut-il pas être comparé au froid qui les saisit extérieurement
et qui les tue? Je ne crois pas qu'en effet, ces premières années, tu doi-
ves rentrer dans le monde; la calomnie t'attend sur le seuil et t'y sui-
vrait pas à pas. Mais l'isolement où tu te trouveras sera-t-il aussi profond
que tu le crains? Sans doute les qualités de l'esprit ont été anéanties chez
M. de Naré, mais il a, crois-moi, toutes les qualités du cœur, le courage,
la bonté, la candeur. Et puis, cette intelligence n'est pas aussi éteinte que
tu le dis; pour qu'il ait ainsi obéi à ta volonté, pour qu'il ait, non
pas seulement retenu les paroles que tu lui apprenais, mais encore saisi
l'inflexion de voix, le sens que tu voulais leur donner, il faut que la pensée, si frêle qu'elle soit, fasse encore un certain travail dans cette tête...
Mme de Rémond sourit avec une triste incrédulité.
— Et pourtant tu avais cru en lui, puisque tu l'aimais!...
— C'est parce que je l'aime encore, s'écria Lucie en se cachant la tête
dans ses mains, que je pleure, que je souffre, que je crains d'user mon
cœur au contact de ce cœur insensible, que j'éloigne de moi l'amertume
et les désespoirs de cette fatale passion.
— Et ne t'aime-t-il point?
— Lui m'aimer!
— Oui, il t'aime, n'en doute pas. N'as-tu jamais vu son regard étinceler
sous le tien, tout son visage s'éclairer à ta venue, tout son être tressaillir
à ta voix? Oh! crois-moi, peut-être ne faut-il que l'amour et ses sublimes expansions pour arracher cette intelligence aux liens qui la retiennent
encore! Et n'est-ce rien d'être pour un homme comme une divinité à qui
sa vie et son âme appartiennent tout entières et sans partage, vers qui
ses yeux reconnaissans se tournent incessamment? N'est-ce rien que d'ê-
tre la pensée qui l'anime, le rayon qui l'éclaire? Par qui seras-tu plus
aimée? Qu'est-ce que ces amours du monde sans cesse traversés, que la
la jalousie et les mauvaises passions remplissent d'amertume, et que vous
disputent de perfides rivales! Ces rivales, si on leur échappe, si on parvient à protéger de leurs mains adultères le trésor aimé du bonheur intérieur, échappe-t-on de même à l'insatiable ambition des hommes, à leur
amour du pouvoir et des honneurs, cette rivale plus jalouse encore, plus à
craindre que les autres? Les grandes qualités de l'esprit, les facultés supé-
rieures de l'intelligence prennent autant de place dans le cœur. Va, laisse-
toi aimer par cet homme dont l'âme est toute remplie par l'amour... Sache
te contenter de cette vie calme, humble, discrète, qui s'ouvre pour toi,
et que peut-être rempliront les joies immenses de la famille. Et puis,

je te le dis comme te le dirait ta mère, ta sainte mère, qui t'avait mariée à un vieillard, mieux vaut encore passer sur cette terre, honorée, le front haut et le cœur froissé, que de braver les cruelles atteintes de la calomnie. Une femme supporte encore avec courage et résignation un mépris injuste, mais les hommes ne sont que vanité, et leur vie est tout extérieure. Vienne pour toi un second amour ; cacheras-tu à l'homme que tu auras choisi les nuages qui planent sur ta réputation ? Ce serait te préparer un cruel lendemain de noces. Si tu lui avoues toute la vérité et que tu aies rencontré une ame vraiment courageuse, fort de sa croyance en toi, il bravera l'opinion du monde six mois, un an, peut-être, tant que durera son amour... Cet amour éteint, il lui semblera que tu l'as trompé, que tu as perdu son avenir ; l'amour t'aura pardonné un jour, mais plus tard l'égoïsme se réveillera, qui démentira cruellement ce facile pardon... Resteras-tu donc dans le célibat ?.. Oh ! voilà l'isolement réel, implacable, l'isolement maudit ! qui dessèche l'âme et rétrécit le cœur !

— Oh ! me répondit Lucie, tu es mon ange gardien ! j'accepte la vie de dévoûment, d'humilité, d'abnégation qui s'offre à moi. Tes paroles ont rafraîchi mon ame. Et puis, vois-tu, je l'aime ! je l'aime malgré tout ! Je me suis fait en lui un être idéal à qui je prête la pensée, l'animation ! Un instant mon courage a failli, mais maintenant je suis forte, résolue. Oui, tu l'as dit, ma mère m'aurait conseillée comme toi ; il m'a semblé entendre sa voix se joindre à la tienne ; elle était là, derrière toi. Bonne mère !

Et les yeux de Mme de Rémond se remplirent de larmes.

En ce moment minuit sonna.

— Il faut prendre du repos, dis-je à Lucie ; depuis un mois les veilles ont altéré tes traits ; tes joues ont une couleur maladive ; allons, il faut monter chez toi.

— Oh ! me répondit-elle en ouvrant la fenêtre et en s'appuyant sur le balcon, je passerais plus volontiers la nuit à causer ainsi. Regarde le ciel, comme il est beau !

En effet, il était traversé par de grands nuages humides balayés par le vent, et que la lune festonnait de contours lumineux et argentés qu'on eût pris pour une bordure d'hermine à leur tissu d'un gris soyeux.

Je ne voulus pas entendre raison pour cette fantaisie ; nous prîmes chacune une bougie, et je conduisis Lucie à la porte de sa chambre à coucher.

— C'est que j'ai peur, dit-elle d'un air tout honteux, en me quittant.

— Folle. Peur de quoi ! M. de Melta est parti.

— Je ne sais...

Nous nous trouvions en face d'une fenêtre de l'escalier qui s'ouvrait sur le parc.

— Il y a quelqu'un dans le parc, s'écria Mme de Rémond avec une vive expression d'effroi.

Je m'avançai toute tremblante et je regardai.

— Mais c'est Justin !

— C'est lui, en effet, reprit Lucie un peu remise de sa terreur. C'est une singulière manie qu'a M. de Naré de se promener ainsi la nuit.

— Quand nous avons été à Verneuil, et qu'au moment où nous allions partir nous nous trouvâmes face à face avec lui, il revenait d'errer ainsi par les champs.

— C'est vrai.

— On dirait que le vague qui entoure les objets s'harmonise secrètement avec le vague qui règne dans son âme. Enfin, nous ne pouvons que lui laisser achever sa nocturne et mélancolique promenade.

— Il m'a bien fait peur, répéta Lucie.

Et nous nous séparâmes. Je montai à ma chambre, qui se trouvait immédiatement au-dessus de celle de Mme de Rémond.

Or, voici ce qui se passa.

D'abord, quelques détails sont nécessaires. La chambre de Lucie est au premier, à droite, à l'un des angles du château, qui est flanqué d'une petite tourelle façon gothique. Les deux fenêtres ont vue sur le parc et s'ouvrent sur une large terrasse à la balustrade bombée, ventrue, où se tordent des enroulemens Louis XIII. A l'une des extrémités de la terrasse se dessine en saillie la tourelle, qui n'en est séparée que par une de ces broussailles de fer aiguisées en piques, qui protégent les voisins les uns contre les autres. C'avait été une fantaisie de l'architecte, qui avait voulu ainsi isoler la tourelle du château et lui donner l'air d'une prison. Mais depuis long-temps les flèches des piques s'étaient détachées, et cette sorte de plante de fer s'élevait pacifiquement, comme un chardon dont on aurait coupé toutes les têtes. A deux pieds au dessus de la terrasse, la tourelle ouvrait jadis une petite fenêtre en ogive, étroite et alongée, et de plus fortifiée d'une lourde grille d'épaisses barres de fer étroitement croisées. Lorsque M. de Melta avait eu la galanterie de faire meubler selon toutes les lois du luxe et du confortable l'appartement de Lucie, il avait fait enlever cette grille et agrandir la fenêtre tout en lui conservant sa forme ogivale. Cet étage de la tourelle, qui ne servait à rien devint un cabinet de toilette pour Lucie ; il communiquait, par une petite porte invisible, avec l'alcôve qui se trouvait naturellement à droite dans la chambre, du côté de la tourelle. A l'opposé du cabinet de toilette était un autre cabinet parallèle à la tourelle, mais isolé de l'alcôve. Une première porte, dissimulée par une tapissière, s'ouvrait sur la chambre ; une seconde porte, dûment verrouillée, donnait sur le corridor désert dont je vous ai déjà parlé, et par lequel Lucie avait essayé de faire évader une fois M. de Naré.

Lucie se déshabilla, s'enveloppa dans son peignoir, et, n'ayant plus de femme de chambre, elle fut obligée d'allumer elle-même sa veilleuse. Peu accoutumée à ces sortes de soins, elle jeta le papier tout enflammé, dont elle s'était servi, sur le tapis qui couvrait le plancher. Une légère odeur de roussi lui fit retourner la tête ; elle s'avança pour poser le pied sur le papier qui flambait ; mais à la lueur qu'il projetait, elle vit distinctement une trace de sable sur le tapis.

Elle fut sur le point de jeter un cri de terreur : mais heureusement elle eut assez de force pour vaincre son émotion et pour dire à demi-voix :

— Ah ! mon Dieu ! j'ai oublié...

Et n'achevant pas, elle sortit et vint, toute palpitante d'effroi, frapper à ma porte en m'appelant.

— Est-ce toi, Lucie ? m'écriai-je.

— Mais oui, tu m'entends bien.

Sa voix était si altérée que je ne l'avais pas reconnue.

— Eh bien ! qu'y a-t-il ? pourquoi cette pâleur et ce frisson ?

— Il y a des marques de pas dans ma chambre.

— Folle, n'y as-tu pas marché.

— Ce sont des traces de sable humide. Il n'a plu que dans la soirée, et je nai pas mis le pied dans le parc depuis cet après-midi, où le sable des allées était encore sec et poudreux.

— Mais es-tu bien sûre de ce que tu dis ?

— Oh ! l'empreinte est très distincte.

— Mon Dieu ! tu m'épouvantes. Que faire ?

— Je ne sais... Allons trouver M. de Naré.

— Il vaudrait mieux nous enfermer ici. Tu m'as effrayée. Je n'oserai jamais descendre l'escalier. Mais d'où penses-tu que viennent ces traces ?... Des voleurs se seraient-ils introduits ici ?... Où se tiendraient-ils cachés ?...

— Peut-être dans mon cabinet de toilette.

— Non, dans l'autre cabinet, plutôt... s'ils ont forcé la porte qui se trouve sur le corridor...

— Te souviens-tu que nous avons entendu Phéda aboyer ce soir ?

— C'est vrai...

Nous descendîmes toutes tremblantes et en retenant le bruit de notre haleine... interrogeant avec anxiété tous les recoins obscurs de l'escalier, épouvantées même par l'ombre de la rampe lourdement ouvragée en fer, qui se traînait sur les marches et figurait des hommes couchés.

Quand nous ouvrîmes la porte du salon qui donnait sur le parc, nous surprîmes M. de Naré accoudé à l'une des colonnes du péristyle, les yeux fixés sur la fenêtre de Lucie, qui était restée éclairée, et dont la silhouette lumineuse s'alongeait sur les pelouses.

Quand Justin nous aperçut, il fit un mouvement d'effroi, et vint à nous tout agité, tout confus.

— Oh! pardon, madame, dit-il, à Lucie. Ne m'en voulez pas. Qu'est-ce que cela vous fait, que je vienne tous les soirs contempler la lueur qui brille à cette fenêtre, et voir votre ombre passer et repasser sur les rideaux ? Je ne savais pas faire mal ! ne me défendez pas cela !

— Eh ! qui songe à vous le défendre, s'écria Lucie qui, au milieu de sa terreur, sourit de cette poétique ingénuité. Mais Justin, il y a des voleurs chez moi ! vous avez du courage... Je suis venue à vous...

Aux rayons de la lune, je vis le regard de M. de Naré s'animer ; il eut comme un tressaillement de joie...

— Je vais chercher des armes, s'écria-t-il.

— Mais, dis-je, il faut réveiller les domestiques.

— Tu ne songes pas qu'il n'y a plus personne au château que le jardinier, dit Lucie.

— On pourrait l'appeler ?

— Et pourquoi ? demanda M. de Naré.

— S'ils sont plusieurs.

— Et qu'importe ! pendant ce temps ils s'échapperaient peut-être... en ce moment, nous entendîmes une porte s'ouvrir dans le salon. Notre premier mouvement fut de fuir ; mais Justin, qui avait monté les marches du péristyle, nous rappela... C'était le jardinier, qui, sachant M. de Naré dans le parc, venait lui demander aide et conseil.

— Ne vous effrayez pas, mesdames, nous dit le brave homme. Depuis plusieurs jours je me suis aperçu qu'on venait dévaliser le verger, et cette nuit je m'étais résolu à faire ma ronde et à compter les étoiles, ni plus ni moins qu'un sauvage qui n'a que c't'occupation-là ! j'avais pris avec moi un chien solide,—dit-il, en nous montrant son fusil qui était passé en bandoulière sur son dos, un chien qui n'aboie qu'au moment de mordre, et je m'étais blotti le long des murs, pensant prendre au vol mes larrons lorsqu'ils escaladeraient la muraille... mais rien ! j'étais de faction depuis dix heures, et rien ! j'ai pas de chance, — me dis-je... et je me mis à marcher de long en large pour me réchauffer un brin, attendu que les soirées ont une petite bise qui vous pince gentiment ; voilà que tout en marchant et en remarchant, je me trouvai auprès de la petite porte qui donne sur les champs et que vous avez fait barricader... elle était ouverte ! mille bomb... sous votre respect, m'écriai-je, les oiseaux ont déniché... Je refermai la porte comme je pus, et tout en rentrant je reluquais mes plates-bandes et mes espaliers, comme qui dirait pour faire un état mortuaire de mes pauvres fruits... Mais je ne sais si j'avais la berlue... avec ça qu'il ne faisait pas très clair... pourtant s'il y avait eu quelque chose, je m'en serais bien aperçu tout de même... enfin il me sembla que les abricots et les pêches répondaient toutes à l'appel... Et pourtant cette porte ouverte... pour lors ça m'a donné à penser, et comme je sais que M. de Naré a l'idée de se promener tous les soirs dans le parc... puisque c'est moi qui ferme les portes après lui... j'étais venu tout bonnement pour lui conter la chose.

Ce récit ne fit que confirmer nos soupçons, et nous lui apprîmes que des voleurs étaient cachés dans ma chambre.

— Ah ben ! s'écria le jardinier, nous allons voir une jolie petite danse. Mais s'ils sont plusieurs et qu'ils fassent le guet, peut-être vaudrait-il mieux les prendre à l'improviste. Heureusement la fenêtre de la tourelle est ouverte. Avec toutes ces petites rocailles, ce treillage et la balustrade du balcon, l'un de nous y montera en moins de rien : il se cachera dans le cabinet de toilette, l'autre prendra l'escalier dérobé qui mène au corridor de la chambre de madame... mais il restera encore une issue par la porte qui donne sur le grand escalier... Comment faire pour la fermer ?... Justement, madame a renvoyé tout son monde aujourd'hui... Il n'y a personne à la maison... Et s'ils parviennent à sortir de la chambre, un mur est bien vite escaladé ! Pourtant, si madame osait...

— Parlez ! que faut-il faire !

— Il s'agirait de rentrer chez vous comme si de rien n'était, vous feriez semblant de vous coucher, et après avoir fermé la porte et enlevé tout doucement la clef, — ce qui est le grand point, — vous passerez dans votre cabinet de toilette où l'un de nous serait caché, et alors...

Je frémis à cette proposition que Lucie accepta avec cette fermeté, ce sang-froid, ce courage dont elle avait déjà donné tant de preuves.

Pendant ce temps M. de Naré avait été chercher des armes. Il revint avec deux pistolets chargés. Il en donna un au jardinier qui se débarrassa de son fusil chargé de petit plomb seulement, et dont la dimension dans un combat corps à corps n'eût été qu'embarrassante.

Alors ce fut entre le jardinier et M. de Naré, une sorte de querelle pour savoir qui devait monter par la tourelle, où l'on devait se trouver plus à proximité du danger. Le jardinier, ancien soldat, eut bien vite tranché la question. Il prit son pistolet dans ses dents, et en un instant il eut escaladé l'espace qui se trouvait entre le sol et la fenêtre ouverte. Nous le vîmes entrer avec des précautions inouïes pour éviter le bruit, et le silence continua.

M. de Naré conduisit Lucie jusqu'à la porte de son appartement, craignant que l'un de ces brigands ne fût apposté dans le grand escalier, puis il redescendit en toute hâte pour gagner le corridor dérobé par lequel il devait surprendre les malfaiteurs.

Moi je n'eus pas la force de remonter jusque chez moi ; je restai agenouillée sur les marches de l'escalier, priant avec ferveur et prêtant l'oreille aux moindres bruits.

Lucie entra chez elle. Elle referma sa porte, éteignit la veilleuse, fit encore quelques préparatifs de toilette ; puis elle se dirigea, avec sa bougie qu'elle se gardait bien d'éteindre, vers son alcôve et au lieu de se mettre au lit, elle ouvrit la petite porte qui communiquait avec le cabinet.

Tout à coup un homme, qui n'était pas le jardinier, se précipita devant elle et voulut lui porter les mains sur la bouche pour l'empêcher de crier ; mais l'effroi dont elle fut saisie lui fit lâcher le flambeau qu'elle tenait et qui roula sur le tapis et s'éteignit, et d'une voix déchirante elle cria : au secours ! au secours !

Elle avait reconnu M. de Melta.

La scène qui se passa alors fut affreuse. Lucie se trouvait seule dans les ténèbres avec cet homme qui en voulait à sa vie. Qu'était devenu le jardinier ? elle ne le savait. De tous côtés les portes étaient fermées. M. de Naré entendant les cris de Lucie s'épuisait en vains efforts pour briser la porte du corridor que M. de Melta avait refermée sur lui. Moi, j'eus d'abord le fol espoir que Lucie n'avait pas bien refermé la porte du grand escalier...

Du reste, tout cri avait cessé... Lucie, qui avait échappé aux mains de l'assassin, et qui n'était protégée que par l'obscurité, s'était réfugiée près des fenêtres de la terrasse et cachée sous les rideaux de velours... lui, la cherchait avec des blasphèmes horribles; on entendait les meubles qui tombaient sourdement sur le tapis, les porcelaines qui se brisaient, et les secousses horribles que M. de Naré imprimait à la porte du corridor et qui faisait trembler toutes les vitres...

Il paraît que M. de Melta eut un moment la pensée que Lucie s'était échappée. Moi, qui sans souffle et sans force, restais collée à la serrure de la porte du grand escalier, j'entendis une main qui tâtonnait, et je dis tout bas :

— C'est là... tâche d'ouvrir...

Une voix sourde seulement répondit en s'écriant :

— Elle est encore ici.

Imprudente, je l'avais trahie.

Pendant un instant il se fit un silence affreux. M. de Naré paraissait avoir renoncé à briser la porte; j'écoutais, j'écoutais, et je n'entendais rien, que le sang qui bourdonnait dans mes oreilles, et faisait battre mes artères...

Tout à coup il se fit un bruit sourd comme celui de la chute d'un corps sur le tapis; on eût dit qu'une lutte, lutte affreuse et muette s'engageait... J'entendis une voix qui disait : « Canaille, je n'ai pas peur de ton poignard... puis le bruit se compliqua et augmenta... et M. de Melta s'écriait: Vous m'étouffez !...

—Pauvre ami! Prenez donc garde; on l'étouffe...

C'était la voix du jardinier...

— M. |de Naré, y a-t-il moyen d'avoir de la lumière ici... que nous voyions la mine qu'il a.. avant de le défigurer...

— Justin, êtes-vous là ? dit Lucie d'une voix mourante...

— Oui... il ne peut m'échapper...

— Oh! madame, il nous faudrait de la lumière, dit le jardinier... On a baissé la rampe avant le dénouement...

Il y avait, dans l'âtre de la cheminée de Lucie, quelques étincelles agonisantes sous les cendres. Au bout d'un instant, je vis la lumière s'échapper par les fentes de la porte et j'entendis une double exclamation :

— M. de Melta !...

— Ne le tuez pas, s'écriait Lucie...

— Madame, ouvrez cette porte, dit M. de Naré, d'une voix impérative et tout en tenant toujours M. de Melta sous ses pieds...

Lucie s'empressa d'obéir... Elle hésita quelque temps, sa main tremblait...

Quand la porte fut ouverte, elle me vit agenouillée sur le carreau, et s'écria :

— Ah ! mon amie, fuyons...

— Ne craignez rien, madame, dit Justin...

Nous rentrâmes dans la chambre, M. de Melta était étendu à terre, pâle, sans force, sous l'étreinte vigoureuse de M. de Naré... le jardinier était à demi couché sur un fauteuil, les yeux à demi fermés, le teint livide...

— Grand Dieu ! il est blessé, m'écriai-je...

— Oh! ce n'est rien, nous dit ce brave homme... ce n'est rien...

— Mes pistolets... dit M. de Naré...

Comme le jardinier ne pouvait se lever et que Lucie ni moi n'osions les lui donner, Justin se mit à traîner M. de Melta sur les tapis, en cherchant ses pistolets.

Alors cet homme aussi lâche qu'il était cruel et vil, se débattit par des efforts désespérés, et ne pouvant échapper à la main puissante de M. de Naré, il se mit à le supplier d'une voix larmoyante, il s'écria :

— Oh ! vous n'allez pas me tuer, Justin ! ne me tuez pas ! ne me tuez pas !

M. de Naré, sans daigner répondre, ramassa un de ses pistolets qui était à terre, et prit l'autre qu'il trouva dans un cabinet, puis il dit à M. de Melta :

— Pas ici.... pas devant les femmes !.... mais là, dans le parc ! vous êtes trop lâche pour que je vous tue ! les chances seront partagées entre nous... ce sera un duel !... Je veux bien encore vous accorder un duel...

— Non, Justin, n'exposez pas votre vie, s'écria Lucie tout en pleurs !...

— Allons ! si vous ne voulez pas marcher, il faudra que je vous traîne...

— Je ne sais pas manier les armes, s'écria M. de Melta d'une voix lamentable... ce sera un...

— Je vous ordonne de me suivre, répondit M. de Naré.

Et par une nouvelle secousse il souleva M. de Melta, qui se dressa à demi, et le suivit en se laissant traîner...

Lucie tomba à terre sans connaissance...

— C'est une folie, s'écria le jardinier... il va se faire assassiner... Laissez-moi !... laissez-moi !... je veux les suivre... il se leva, mais ne put marcher...

Je me rappelai alors mon devoir... Je laissai Lucie à son évanouissement... elle échappait au moins aux transes horribles de ce combat... et déchirant du linge, je me préparai à panser... comme je le pourrais, la blessure du jardinier...

— Oh ! il ne s'agit pas de moi, s'écria cet homme... courez les séparer ! prévenir un malheur !

Au même instant, une détonation se fit entendre...

Et quelques secondes après... M. de Naré parut pâle et défait à la porte de la chambre...

— Vous êtes blessé... m'écriai-je !...

— Non, me répondit-il, mais je l'ai tué, lâchement tué ! il n'a pas même eu la force de tenir son arme.

Puis il alla s'agenouiller auprès de Lucie, et l'appela d'une voix tendre et doucement émue...

A cette voix Mme de Naré rouvrit faiblement les yeux ; en voyant Justin auprès d'elle, sa figure s'illumina, elle poussa un cri de joie, et s'écria en lui passant les bras autour du cou :

— Oh ! sauvé ! sauvé !

Après le premier moment de trouble ; nous posâmes un appareil à la blessure du jardinier... elle était grave, profonde... mais cet homme avait un courage surhumain... Bien que nous lui défendissions de parler, il nous expliqua comment, au moment où il escaladait la fenêtre de la tourelle, il s'était senti frappé et était tombé comme mort sur le carreau... M. de Melta se trouvait caché dans le cabinet de toilette.

Tout le temps qui s'était écoulé entre les cris de Mme de Rémond et la chute de M. de Melta, — ces quelques minutes d'horrible silence et de mortelle anxiété, — il l'avait passé à se traîner du cabinet à la chambre à coucher... à se glisser comme un serpent en étouffant les gémissemens que lui arrachait sa blessure... Là il avait saisi M. de Melta à l'improviste et l'avait fait tomber sur le tapis... et une lutte s'était engagée entre eux, lutte où il voyait briller sur lui la lame d'un poignard... Il était près de succomber, lorsqu'un secours inespéré l'avait sauvé... Justin, ne pouvant briser la porte du corridor, était revenu dans le parc, et avait, comme le jardinier, escaladé la tourelle...

Nous retrouvâmes le poignard de M. de Melta à terre ; il portait le chiffre de Justin, et lui avait été volé depuis environ quinze jours.

Le jour commençait à poindre. Je fermai les rideaux ; car, en m'ap-

prochant de la fenêtre, j'avais vu, spectacle horrible !... le corps inanimé
de M. de Melta étendu sur le pelouse...

Justin avait perdu toute l'énergie de son regard, toute l'expression de
son visage ; il semblait que ce qui manquait à son intelligence, ce fût la
volonté ; la pensée du danger qu'avait couru Lucie avait un instant rempli son âme, soumis toutes ses facultés, s'était levée droite et impérative
dans ce cerveau pour ainsi dire inhabité, et, alors sous l'empire de cette
pensée, il avait eu une sorte d'initiative, de force, d'intelligence factice ;
une voix s'était fait entendre en lui à laquelle il avait obéi... mais cette
voix s'était tue, cette pensée s'était évanouie et Justin avait repris son
inaction morale, sa passivité, son inertie.

Mme de Rémond fut obligée de lui dire :

—Justin, il faut aller à Verneuil chercher un médecin et avérür la justice !

La catastrophe qui était arrivée, l'enquête qui en fut la suite, les per-
quisitions, les tracasseries soupçonneuses de l'instruction retardèrent le
mariage de Lucie, qui fut remis à trois mois de là. Des intérêts graves
exigèrent impérieusement mon retour à Paris. Ce fut le cœur déchiré que
je me séparai de Lucie, la laissant ainsi seule loin du monde qu'elle aimait, dans un château isolé, n'ayant pas d'amis, ne pouvant en avoir, et
le cœur rempli d'un amour chimérique, frêle fleur d'idéal que la réalité,
hélas ! je le craignais ! devait effeuiller, froisser, flétrir.

Parmi les lettres que j'ai reçues d'elle et qui forment un roman intime
dont les pensées sont les seuls événemens, je vous en lirai deux seulement, ce sont les derniers chapitres de cette étrange histoire.

Voici la première :

                                            11 juillet 182..

Ma chère belle,

La Gardière est vendue, château, ameublement, tout... Je n'ai conservé que quelque reliques saintes, souvenir de ma pauvre mère ; je viens
de les expédier à Paris à ton adresse. Une chaise de poste, attelée de vi-
goureux chevaux et couronnée de tous les bagages, nous attend dans la
cour. Je commence cette lettre sur des meubles qui ne m'appartiennent
plus, et je ne suis pas bien sûre que cette feuille de papier ne soit sous-
traite à la propriété d'autrui... Je prends ce vol sur ma conscience...

Je suis dans une singulière toilette de voyage ; ma robe de soie, un ca-
chemire sur les épaules, un chapeau blanc orné de violettes de Parme,
car il fallait bien que ces fleurs, qui ont commencé le roman, figurassent
au dénoûment...

Je crois que je serais morte à La Gardière ; ces trois mois-ci ont été
d'une monotonie, d'une longueur désespérante... L'isolement, que je
redoutais, je l'ai appelé de tous mes vœux ; mais partout où se posait mon
regard, quelque souvenir affreux se dressait devant moi et marchait sur
mes pas... Tout pour moi avait une voix lugubre... La brise qui soufflait,
la pluie fouettant sur les vitres, le bruit sourd des pas sur le sable... partout de tristes images... dans les champs humides de rosées, dans les
rayons du soleil, dans le scintillement des vagues. Mes pensées me jetaient
dans la nature, et la nature me rejetait dans mes pensées...

Ah ! j'ai eu des nouvelles de ma tante Dorothée... elle végète, à Paris,
dans un état voisin de la misère... J'ai donné des ordres pour qu'elle tou-
chât régulièrement une pension de deux mille francs que je lui fais...

Il est onze heures... M. de Naré me presse de terminer cette lettre...
les chevaux s'impatientent... Quel étrange jour de mariage !... La chaise
de poste va s'arrêter à Verneuil... devant l'église... un vieux et digne prêtre qui fait mes aumônes nous unira... Et puis fouette cocher ! nous voilà
partis à travers prairies et forêts, sur les chemins doux et sablés de cette
belle Normandie, que bordent les pommiers courbés par le vent. Ne me

plains pas, grand Dieu! Au lieu de ce tant triste et sombre salon, où parens et invités exposent solennellement des figures de circonstance, ne vaut-il pas mieux courir les champs... La nature, dans sa splendeur, n'a-t-elle pas quelque chose de nuptial... Quitter l'autel pour respirer les ineffables parfums de la verdure, pour s'enivrer de l'air pur, de l'azur du ciel, pour s'éblouir du soleil, c'est ne pas quitter Dieu...

J'emporte avec moi quelques poésies commencées... j'espère que le voyage m'inspirera... De retour à Paris, je les publierai sous le nom de Justin... Dis-moi? n'a-t-il pas l'air d'un poète?... Un volume de vers est un passeport pour l'esprit... Il lui sera permis d'être morose, taciturne à son aise... On pardonne tout à un poète.

Je pense bien que madame de Naré vient avec nous... C'est une bien excellente femme, vraiment... et comme elle est bonne mère! j'en suis jalouse presque...

Ce soir donc nous serons au Havre... Adieu.

15 juillet. — Havre.

Oui, tu l'as dit, il y a une pensée chez Justin, une pensée qui erre dans des brumes éternelles, et jamais ne peut arriver à des contours nets et délicatement profilés... Mais, je l'ai bien étudié, il éprouve une profonde émotion devant la nature, émotion qui ne se trahit que par l'extase du regard, que par une respiration haletante, oppressée...

Oh! défie-toi bien de ceux qui restent insensibles devant la verdure et les champs... ce sont des organisations incomplètes et méchantes... M. de Melta, si tu te le rappelles, ne regardait pas la nature et n'était jamais si beau parleur que dans nos délicieuses promenades... et celui qui sent, qui est ému, ne saurait avoir tant d'esprit...

Que te dirai-je... Justin ne me quitte pas d'une seconde... il est admirablement enfant et ingénu... Il s'est établi entre nous une sorte de langage du regard qui ne nous trompe jamais. Tu sais comme ses prunelles sont éclairées, transparentes et laissent voir jusqu'au fond de son ame. J'y lis à livre ouvert; si j'y devine une pensée vague, incomplète et qui ne peut arriver à sa manifestation, je l'achève, je la formule en termes simples et compréhensibles... Justin sourit et dit : c'est cela!

Parfois, avec les émotions qui se révèlent vaguement en lui, je fais une poésie : je me dis la pensée est vraiment de lui, la forme seule m'appartient... C'est ainsi que je tranquillise ma conscience à l'endroit de cette innocente supercherie du volume de vers...

Demain matin, nous nous embarquons du Havre pour Bordeaux... nous traverserons le midi de la France jusqu'à Marseille... où nous ferons voile pour l'Italie...

Et je me demande, suis-je heureuse? Oui, je le suis. Le calme est rentré dans mon âme... les nuages se sont dissipés... Il y a chez M. de Naré des trésors inépuisables de bonté et de grandeur... Dans cette belle organisation, le cœur a pris tant de développement qu'il n'en est pas resté pour l'intelligence...

Enfin, à d'autres les nuages pourpres de la pensée, les éclairs de l'âme... Mon ciel est tout bleu... plein de sérénité... Oui, je suis heureuse!

30 août. — Florence.

Que te disais-je! je suis heureuse! non, je ne l'étais pas, je ne le suis que d'aujourd'hui seulement... Mais mon âme est trop faible pour porter la joie... Il faut que tant de bonheur déborde dans mes confidences, car mon cœur est trop plein, il se briserait...

Oh! que je remercie Dieu de m'avoir fait cette vie douce, discrète, cachée, de m'avoir unie à une nature bonne, tout à moi, où ni l'ambition ni les folles agitations de ce monde n'ont d'empire! Que j'ai de mépris maintenant pour la vie agitée, tumultueuse et vide, pleine d'amertumes et de dégoûts, et que j'ai tant aimée... Paris, mon Dieu, y reviendrai-je jamais ? Que me font maintenant les bals, les fêtes et les plaisirs, et tout ce vain bruit qui anéantit l'âme... C'est là l'isolement réel, l'isolement du cœur ! Et ce que j'appelais l'isolement, moi, pauvre folle, c'est la plénitude de l'existence, c'est tout un monde de douces pensées, de joies ineffables, de fêtes célestes, d'harmonies enivrantes !

Je suis mère !   Lucie DE NARÉ.

Le bonheur, ajouta madame de L***, le bonheur se dit en peu de mots. Une vie heureuse est une vie sans événemens, toute de béatitude et de jouissances calmes. Si les poètes ont échoué à vouloir peindre le paradis, moi qui ne suis pas poète, je n'essaierai point de vous décrire l'existence de Lucie qui resta à Florence.

Parmi les nombreuses lettres qu'elle m'écrivit, car notre amitié était de ces amitiés inaltérables qui ont racine au cœur et refleurissent toujours, parmi ses lettres, une seule fait événement ; je l'ai reçue il y a un an.

Et madame de L*** nous en donna lecture.

Avril 183..

Ma chère belle,

Je t'ai déjà fait de longs récits de l'amour de Justin pour son fils, qui maintenant a dix ans, et dont je t'ai conté jusqu'aux moindres saillies. Non, je ne m'abuse pas... Edouard aura cette intelligence supérieure qui n'a été qu'ébauchée dans Justin.

Mais depuis quatre ans, partagée entre le doute et l'espoir, retenant dans mon cœur une joie dont je crains les hallucinations et le réveil, j'assiste muette, tremblante, éperdue d'orgueil, à un phénomène inouï..... bien au dessus de la vaine science des savans et dont maintenant je ne puis me taire...

Tu le sais, un accident terrible a tout à coup arrêté l'intelligence de Justin qui n'avait que six ans alors... Sous ce choc affreux, son ame est restée comme voûtée, comme nouée... Le cerveau s'était développé, mais la pensée, toujours enfant, n'avait pas grandi avec lui.

Je t'ai dit avec quelle attention Justin suit les leçons qu'un habile professeur donne à son fils... mais ce que je ne t'ai pas encore révélé — car je n'osais y croire—c'est que tout ce qui se grave dans cette tête d'enfant se grave également dans cette tête d'homme. C'est que cette intelligence si long-temps arrêtée, retenue jusqu'alors par je ne sais quel mystérieux pouvoir, s'est remise à marcher du point où elle avait été foudroyée..... Oui, la lumière de la pensée qui dans toute sa splendeur fut trop éblouissante pour M. de Naré et lui fit fermer les yeux de l'âme, si j'ose le dire, cette lumière qui n'arrive que par teintes douces, affaiblies et insensiblement grandissantes à l'âme d'un enfant, grâce à cette aube toute voilée a pénétré également dans l'âme de M. de Naré, a dissipé peu à peu les brumes amoncelées... ou plutôt pourquoi chercher à expliquer avec des images matérielles, le miracle de l'amour paternel ?... Oui l'âme du père s'est mise à l'unisson avec l'âme du fils ; tous deux grandissent simultanément... Il n'y a pas une clarté qui brille ici sans se refléter là... Toute joie me vient double, et je vois tour à tour la sève monter et s'épanouir en fleurs fraîches et parfumées et sur le frêle rameau et aux branches arides et desséchées de l'arbre paternel... pardonne-moi de continuer cette folle métaphore... chez l'un c'est une sève de printemps... chez l'autre c'est une sève d'août.

Ce miracle est maintenant hors de doute... le professeur d'Edouard— homme discret s'il en est, — l'a observé comme moi... il m'en a dit un mot avec une délicatesse exquise... aussi, je te le dis, ce n'est plus une espérance, c'est une certitude...

Or, bientôt mes deux enfans auront vingt ans... pardonne-moi l'expression, elle est juste... M. de Naré est jeune encore... il faudra donc songer à leur avenir à tous deux... A l'âge où je suis, on envisage la vie sérieusement.

. . . .

Grâce à Mme Mercedin, l'opinion du monde était que M. de Melta avait été lâchement assassiné.

S'il faut, pour le calme de ses jours, pour son bonheur, s'il faut que Lucie ignore à tout jamais la calomnie, s'il faut que, dans le concert harmonieux de sa vie, il n'arrive pas même un murmure de ce monde, s'il faut que sur son soleil et sur ses fleurs pas une ombre ne glisse, c'est à ses amis de combattre pour elle, de combattre pour son honneur...

Voilà pourquoi, vous qui êtes mes amis et à qui j'ai reconnu du courage contre les méchans , je vous ai raconté l'histoire de Lucie de Naré. J'ai voulu vous gagner à sa cause. Si l'amour du pays la ramène un jour, qu'elle trouve au moins toutes les ronces arrachées du chemin !

Il était deux heures du matin, lorsque madame de L*** eut terminé son récit.

FIN.

A

Attaché au Mu

Professeu

Attaché à

ACCOM

On vend se

9 782019 945244